Der Flug der Elster
Historische und phantastische Geschichten

AF284713

Nicolas Fayé (Hrsg.)

Der Flug der Elster

Historische und phantastische Geschichten

Bibliografische Information der Deutschen
Nationalbibliothek:
Die Deutsche Nationalbibliothek verzeichnet diese
Publikation in der Deutschen Nationalbibliografie;
detaillierte bibliografische Daten sind im Internet über
http://dnb.dnb.de abrufbar.

Herausgeber: Nicolas Fayé
Idee: Josefa vom Jaaga
Korrektorat: Anke Höhl-Kayser und Monika Kubach
Layout und Satz: Monika Kubach
Covergestaltung: Monika Kubach
Coverabbildung: *Stickbild Elster* © Monika Kubach
Herstellung und Verlag:
BoD – Books on Demand, Norderstedt

ISBN 978-3-7528-3430-7

Inhalt

Anke Höhl-Kayser

Drapers Sphäre

Ich finde London im Nebel so spannend!«
Bettinas aufgedrehte Heiterkeit ging mir im
Moment gewaltig auf den Geist. Meine beste
Freundin hüpfte auf dem Kopfsteinpflaster umher,
als wäre sie siebzehn und habe nicht, genau wie
ich, vor kurzem die Fünfzig überschritten.

Vielleicht war es keine gute Idee gewesen, Bettinas Angebot zu einem Kurztrip nach London anzunehmen.

»Um dich auf andere Ideen zu bringen«, hatte sie strahlend gesagt, und weil sie dermaßen überzeugt von ihrem Geistesblitz war, hatte ich einfach nicht genug Spaßverderbercourage, es ihr abzuschlagen.

»Darauf hast du doch auch Lust!«
Selten hatte Bettina so daneben gelegen.

London im November! Wer kam schon auf diesen Gedanken! Außer eben Bettina mit ihrem spirituellen Krimskrams und dem dauernden Gerede von der Wiedergeburt und dem Leben nach dem Tod.

Sie war total in ihrem Element.

»London ist so eine alte Stadt«, flüsterte sie mir im Flugzeug hinter vorgehaltener Hand zu, und ich sah ein, dass sie keine Zeugen für dieses Gerede haben wollte. »Man fühlt es, sobald man nur einen Fuß auf den Boden gesetzt hat. Die alten Seelen rufen dich! Ich bin schon in vielen Leben in London

7

gewesen. Ich habe Edward den Bekenner erlebt und William den Eroberer. Ich war am Hof, aber ich habe auch das einfache Leben kennengelernt. Es war ein hartes Leben, damals, und harte, gnadenlose Menschen! Atemberaubend, glaub mir!«

Ich glaubte ihr nicht. Ich hatte mein eigenes einzelnes Leben, und das nahm mir ausreichend den Atem. Das Bewusstsein, dass ich die so genannte Lebensmitte – als ob es die Regel sei, dass man hundert wurde! – hinter mir gelassen hatte, gepaart mit der Gewissheit einer bislang unbekannten Endlichkeit, ließen mich in eine Art Schockstarre rutschen.

»Das sind doch nur die Wechseljahre«, versuchte mich Bettina zu beruhigen.

Das war keine Beruhigung. Die zeitliche Dimension des Begriffs »Wechseljahre« erschreckte mich noch mehr. Warum gab es nicht sowas wie »Wechseltage« oder »Wechselmonate«? Damit hätte ich leben können.

Im Moment konnte die Sonne scheinen, wie sie wollte: Mein Leben war grau.

Immerhin versuchte hier in London die Sonne gar nicht erst, gegen meine Tristesse anzuleuchten. Zu meinen Gefühlen passender Nebel hüllte unser erstes Besichtigungsziel in diesem Urlaub ein: das mittelalterliche Gebäude des Tower.

Die in ihrer Masse eintönig wirkenden Kronjuwelen, der gruslige Bloody Tower und die Hinrichtungsgedenkstätte auf dem Tower Green hatten nicht zur Hebung meiner Laune beigetragen. Alle Geräusche waren gedämpft, die Wahrnehmung verändert. Mir liefen Schauer über den Rücken.

»Dieser Nebel«, juchzte Bettina und breitete die Arme aus, als wolle sie das Schmuddelgrau herzen. »Sonja, bitte genieße ihn! Er nimmt die Realität und ermöglicht es uns, unsere Traumaugen zu öffnen. Wir können Dinge zwischen den Zeiten sehen. Mehr noch, die Tore zur Vergangenheit tun sich auf! Wenn wir eins finden, können wir hindurchschlüpfen in ein vergangenes Leben!«

Ich überlegte, ob ich sie unterhaken und geradewegs in die nächste Pfütze ziehen sollte. Vielleicht hatte Nässe ja eine abkühlende Wirkung auf sie?

»Das ist doch jetzt der optimale Zeitpunkt, um den Salt Tower aufzusuchen«, wisperte Bettina pathetisch. »Die Wände sind Zeugen der Vergangenheit, längst zu Staub zerfallene Gefangene haben sich hier verewigt. Es gibt dort eine ganz besondere Zeichnung, ich denke, du wirst sie erkennen, sobald du sie siehst. Die Geschichte greift nach uns, Liebes, wir müssen ihr nur die Gelegenheit geben!«

Was meinte sie mit: *Gefangene haben sich hier verewigt*? Das hieß wohl: Die hatten an den Wänden ihre Schmierereien hinterlassen. Graffiti des Mittelalters. Mir wäre eine schöne Kunstausstellung lieber gewesen, unter hellem Kunstlicht mit einem Glas Prosecco in der Hand, aber Bettina ließ nicht locker.

»Ich bin so gespannt, wie du darauf reagieren wirst«, flötete sie. »Ich spüre schon die ganze Zeit die Schwingungen, die von dir ausgehen!«

Nein, Bettina spürte meine Schwingungen ganz bestimmt nicht. Sonst hätte sie nämlich die Klappe gehalten und wäre fluchtartig im Nebel verschwunden.

Wir gingen am äußeren Festungsring entlang, am Traitor's Gate vorbei. Die Sicht betrug weniger als zehn Meter. Ich erkannte so gerade eben noch den Durchgang zur Tower Wharf, aber dahinter nichts. Ich hörte Nebelhörner: Dort irgendwo war die Themse, und die armen Touristen auf den Sightseeingbooten hatten keine Chance, auch nur das Geringste von der Kulisse zu erkennen.

Der St. Thomas' Tower ragte vor uns auf, wir mussten eine schmale Treppe steigen und oben auf der Festungsmauer bis zum Salt Tower gehen. London war wie in graue Zuckerwatte gepackt, nur dass es bei weitem nicht so gut roch. Der Fluss stank irgendwie faulig. Das war mir bislang noch gar nicht aufgefallen.

Bettina zwinkerte mir verschwörerisch zu.

»Die Vergangenheit ist gegenwärtig!«, raunte sie. »Du merkst es auch, oder?«

Ein Schauer lief mir den Rücken herunter – das gab es doch wohl nicht, dass Bettinas Sprüche bei mir jetzt Wirkung zeigten. Ich nahm mir fest vor, sie zum Mittagessen zu einem Italiener zu schleppen: Gegen diese Stimmung halfen nur Pizza und ein dreifacher Espresso. Auf keinen Fall Hammel mit Pfefferminzsoße, so wie gestern Abend. Der rumorte übrigens immer noch in meinem Magen.

Oder war das etwas anderes, dieses Kribbeln im Bauch, als ich diesen unspektakulären kleinen Turm am südöstlichen Ende der Festungsmauer mit seinem scheußlich engen Treppenhaus betrat?

Hier herrschte eine seltsame Atmosphäre. Es war dunkel, und irgendwie war der Nebel sogar hier drinnen. Von der Decke hing ein winziger Leuchter mit vier kraftlosen elektrischen Kerzen in einem schmucklosen Glasgehäuse. Die Bogenfenster ließen kaum Licht durch.

Mit zwanzig japanischen Touristen war das kleine Verlies hier eindeutig überfüllt.

Ich sah zur Ablenkung aus dem Buntglasfenster. Draußen bewegte sich etwas. Ich zuckte zusammen und schaute genauer hin: Auf dem Fenstervorsprung saß ein Vogel. Das Gefieder war weiß und blauschwarz, mit dunkelblauen Flügeln. Neugierige Knopfaugen funkelten.

»Bettina, guck mal, da sitzt eine Elster, und die sieht mich an!«

Bettina wandte kaum den Kopf, so beschäftigt war sie mit ihren Mittelaltergraffitis.

»Liebes, da ist nichts. Eine Elster? Du wirst dich geirrt haben, das war wahrscheinlich einer der Towerraben.«

Endlich hatte die Gruppe japanischer Touristen den Raum verlassen. Das Blitzlichtgewitter war verebbt, und wir blieben allein mit sich allmählich beruhigenden Sehnerven zurück. Bettina war hibbelig wie ein Teenager. Sie führte mich an den Wänden entlang und zeigte mir die Inschriften der Gefangenen. Ich war nicht wirklich übermäßig begeistert. Es handelte sich um mehr oder weniger ausgeprägte Ritzungen in den Wänden.

Aber dann war da diese eine Gravur – eine Art astrologische Karte. Sie fesselte meinen Blick: Ein großes Rechteck, links voller mystischer Ziffern und Berechnungen. Im rechten Drittel ein perfekter Kreis mit den Tierkreiszeichen darauf. Wie konnte jemand nur eine so präzise Arbeit erschaffen?

Bettina sah mich mit rot glühenden Wangen an und hatte ein pathetisches Vibrieren in der Stimme.

»Du hast es gefunden«, wisperte sie. »Es zieht dich magisch an, ist es nicht so, Sonja? Das Zeichen des Okkulten: Hew Drapers astrologische Sphäre. Angefertigt im Mai 1561, drei Jahre nach Beginn der Regentschaft von Elizabeth I. Sie haben ihn der Hexerei angeklagt – wundert dich das, wenn du diese Gravuren siehst? Anders als die anderen Gefangenen hier war er kein Geistlicher, er führte ein Inn in Bristol. Und niemand weiß, was mit ihm geschehen ist. Haben sie ihn hingerichtet? Wurde er auf dem Scheiterhaufen verbrannt? Oder ist er, nachdem er diese geheimnisvolle Sphäre angefertigt hat, in Blitz und Rauchwolke verschwunden?«

Ich legte den Finger auf die Zeichnung und fühlte die exakten Kanten der Symbole. Ein Kneipenbesitzer also. Erstaunlich.

Plötzlich fühlte die Sphäre sich warm an, schien zu glühen. Ich zog erschrocken die Finger zurück, der Raum schwankte vor meinen Augen. Bettina schien nichts bemerkt zu haben. Sie war zufrieden darüber, dass ich das Ding gefunden hatte, und nun munter dabei, die anderen Ritzereien zu erläutern. Sie verfiel dabei in jenen Singsang, mit dem sie seit Jahren zahllose ihrer Schüler einzuschläfern pflegte – Bettina war Englischlehrerin an einem

Gymnasium. Mir verschwamm alles vor den Augen, ich konnte überhaupt nichts erkennen. Ich hatte Schweißausbrüche und ein Pfeifen auf den Ohren.

Zum Teufel mit diesen Wechseljahren, dachte ich wütend.

Lieber Himmel, die Themse stank brackig! Warum war es so heiß? Ich hatte nicht gewusst, dass die verdammten Hitzewallungen so heftig werden konnten.

Von draußen ein Geräusch, das sich näherte.

Das trockene Klacken von Pferdehufen auf Stein. Das Rollen von Holzrädern auf dem Kopfsteinpflaster.

Mir war schwindelig.

Die Fensterflügel des Bogenfensters schwangen auf. Nebelschwaden drangen herein. Auf der Fensterbank saß kein Rabe, es war eindeutig eine Elster.

Mein Blickwinkel hatte sich verändert. Die Mittelaltergraffitis waren irgendwie nach oben gerutscht. Drapers Sphäre schien zu glühen. Der Raum war in rotgoldenes Licht getaucht. Und warum sah ich alles so scharf – und warum hatten sich die Farben verändert? Der Schlammstein war von einem viel dunkleren Orange als vorher.

Als ich mir die Augen reiben wollte, entfuhr mir unwillkürlich ein Schrei mit einer unvertrauten Stimme. Das waren nicht meine Hände! Das waren kleine schmutzige Hände mit unbeschreiblichen schwarzen Rändern unter den Fingernägeln. Ich registrierte absurderweise, dass diese Nägel zumindest nicht wie meine zum ständigen Abbrechen zu tendieren schienen. Diese Hände sahen aus, als hätte ihr Besitzer den ganzen Tag im Schlamm der Themse gewühlt. Und sie waren klein. Kinderhände!

»Bettina! Bettina, was passiert hier!«, schrie ich mit einer Kinderstimme und drehte mich im Kreis.

Niemand da. Keine Spur von Bettina. Ein seltsames Licht erfüllte den Raum.

Die Elster stieß einen Schnalzlaut aus, und der Nebel drang durch das Fenster herein, als sei er körperlich. Er hüllte mich ein, mit einer Eiseskälte, die meinen ganzen Körper durchdrang. Ich war blind und taub. Ich schrie, aber ich hörte nichts. Ich weiß nicht, wie lange es dauerte, ich dachte, so muss sich der Tod anfühlen. Es war etwa genau so schlimm, wie ich befürchtet hatte.

Doch nach und nach wich die Dunkelheit.

Es blieb kalt. Meine Zähne schlugen aufeinander, ich schlotterte. Mein dicker Parka war fort, ich fühlte kratzige, teils zerrissene Stoffe um meinen Körper. Sie wärmten fast überhaupt nicht.

Die Umgebung war nach wie vor in Nebel gehüllt.

Hinter mir die schwarzen Mauern des Tower waren weiter fortgerückt.

Ich stand auf einem breiten Uferstreifen. Die Themse lag ein gutes Stück weg vom Tower.

Holzboote trieben darauf, Fischerkähne, Segelboote. Keine Spur von den modernen Ausflugsbooten. Alles sah altmodisch aus.

Angst kroch mein Rückgrat hinauf – was geschah hier?

Mir wurde wieder schwindelig. Ich sah an mir herunter, meine schwarzen Stiefel waren fort. Stattdessen waren meine Füße in Lumpen eingewickelt, und jetzt setzten sie auch noch ohne mein Zutun Schritt für Schritt in die Themse.

Der Fluss war viel breiter als vorher. In Ufernähe war er seicht, aber zur Mitte hin wurde er reißend. Das Wasser am Ufer war brackig und stank. Holz, Äste und anderer Abfall staken im Grund fest. Algen hatten einen Teppich auf allem gebildet, wallten träge hin und her wie Leichenhaar. Ich spürte undefinierbare matschige Dinge unter meinen Fußsohlen.

In einiger Entfernung lag ein bläulicher Tierkadaver, wohl eine Kuh, der Leib aufgegast, das Fell löste sich in Stücken. Übelkeit stieg in Wellen in mir auf, aber ich konnte einfach nicht anhalten. Ich wollte auf gar keinen Fall weitergehen, in diese Brühe hinein, doch ich hatte keine Kontrolle über den Körper des Kindes.

Eisige Kälte kroch an meinen Waden empor, und ich versuchte zu schreien, weil sie in meine Haut schnitt wie ein Messer, aber aus meinem Mund kam kein Laut.

Ich ging immer weiter. Ich spürte die gierige Strömung an meinen Kleidern reißen, meine Beine wurden in der Kälte taub. Eine fremde Erleichterung stieg in mir auf.

Endlich wurde mir klar, was hier geschah.

Dieses Kind ging soeben in den Fluss, um zu sterben.

Panik lähmte mich, bis mich die Strömung erfasste und mit sich riss.

Ich hörte einen Vogel schreien, erhaschte einen Blick auf schwarzweißes Gefieder. Die Elster kreiste über mir, mit hektischen Flügelschlägen, immer wieder rufend. Es klang beinahe menschlich.

Die Kälte raubte mir den Verstand, aber sie brachte mir auch die Kontrolle über den fremden Körper. Das Kind schien bewusstlos geworden zu sein.

Ohne mich wärst du in wenigen Augenblicken tot, dachte ich grimmig. Ich rette dir gerade deinen kleinen Hintern, aus Dank dafür, dass du mir ein Bad in der dreckigen, verseuchten, eiskalten Themse verschafft hast.

Ich drehte mich im Wasser und versuchte zum Ufer zurückzuschwimmen. Aber die Strömung war viel zu stark. Ich paddelte und wirbelte hilflos im Kreis, während ich mitgerissen wurde.

Ich war jetzt nicht mehr so sicher, dass ich das Kind retten konnte.

Die Elster schrie gellend, und ich hörte in der Nähe Menschenstimmen. Das unverkennbare Platschen von Holzpaddeln auf dem Wasser. Von der Flussmitte kam ein Ruderboot auf mich zu. Obwohl meine Kräfte erlahmten und ich meinen Körper kaum noch spürte, hielt ich mich verzweifelt über der Oberfläche.

»Halt durch, wir sind gleich bei dir«, schrie mich eine fremde Männerstimme an. Ich hörte sie doppelt: Für mich klang es entfernt englisch, aber unverständlich. Für das Kind jedoch war es die Muttersprache.

Durchhalten – das würde nicht einfach werden. Ich hatte schwarze Punkte vor den Augen und das Sirren einer nahenden Ohnmacht in den Ohren. Wenn ich unterging und sie verloren mich aus den Augen, sanken meine Chancen erdrutschartig.

Ich konnte meine Arme nicht mehr bewegen. Meine Hände waren blau. Ich japste verzweifelt nach Luft, schluckte diese widerliche Brühe, hustete, würgte. Ging unter, kam wieder hoch, ging nochmal unter. Das Blut pulsierte in meinem Kopf, meine Lungen drohten zu platzen.

Das gab es doch wohl nicht: Ich würde ertrinken. Aber nicht mit gerade eben mal fünfzig. Ohne mich. Die Empörung ließ mich einen kräftigen Schwimmstoß machen, dem Boot entgegen.

Grobe Hände packten mich unter den Schultern, kugelten mir beinahe die Arme aus, als sie mich hochrissen.

Meine Oberschenkel schlugen hart auf dem Bootsrand auf, die Lumpen, in die ich gehüllt war, zerrissen, Splitter drangen in meine Haut.

Jemand schüttelte mich so, dass mir die Zähne aufeinanderschlugen.

»Bist du verrückt, Mädchen?«, knurrte eine harte Männerstimme. »Willst dich hier ersäufen? Hätt'st es fast geschafft, sag ich dir! Das war um Haaresbreite!«

»Was ist los mit dir, sag schon?«

Zwei Männer beugten sich über mich. Sie waren bemuskelt wie Bodybuilder, man sah ihnen an, dass harte körperliche Arbeit ihr Tagwerk war. Für die Temperaturen waren sie nachlässig dünn gekleidet, ein paar dünne Lagen fadenscheiniger Stoffe umhüllten ihre massigen Leiber, die Arme waren zur Hälfte frei und feuerrot, aber es schien ihnen nichts auszumachen.

Sie wirkten nicht besonders vertrauenerweckend.

Der eine hatte eine rote Säufernase und keine Zähne mehr im Mund, der andere so viele Pockennarben, dass sein Gesicht wie die Mondoberfläche aus der Nähe betrachtet aussah.

Das Kind, in dessen Körper ich steckte, war wieder zu Bewusstsein gekommen. Ich spürte seine Angst vor diesen Typen, die uns beide die Kälte des Themsebades vergessen ließ.

»He, Mädchen, wie heißt du?«, fuhr der Rotnasige mich an. »Woher kommst du? Dein Vater soll bezahlen, dass wir dich hier rausgezogen haben! Ein guter Fang ist uns dafür durch die Lappen gegangen!«

Ich sagte nichts und hörte mich doch sprechen.

»Mein Vater ist weg«, antwortete das Kind tonlos. »Er ist im Tower eingesperrt und wird morgen verbrannt.«

»Dann deine Mutter«, beharrte der Pockennarbige.

»Meine Mutter ist vor vier Jahren gestorben«, antwortete das Mädchen. »Ich bin allein.«

Die beiden Fischer sahen einander ratlos an.

»Wer zahlt uns denn jetzt unseren Fang?«, rätselte der Rotnasige. »Und wohin sollen wir mit dem Kind?«

Der Pockennarbige schüttelte mich wieder durch.

»Wie alt bist du, he?«, brüllte er. »Ich hab 'ne Base, die führt so 'n Haus. Da kriegst du immer zu essen und hast es warm. Die könnte dich vielleicht gut gebrauchen!«

Ich hörte wieder Flügelschlagen. Die Elster war zurück – war sie überhaupt fort gewesen? Sie stieß wie ein Adler auf die Männer herunter, und ihre Krallen zerrten am Haar des Pockennarbigen.

»Verdammter Vogel!«

Die Männer ließen mich los und schlugen nach der Elster.

»Was macht der hier mitten auf dem Fluss?«

»Das ist 'ne Elster, pass auf, man weiß doch, was es mit denen auf sich hat!«

Der Rotnasige schlug mit dem Ruder nach dem Vogel, verfehlte ihn aber um Haaresbreite.

Die Elster stieg hoch in die Luft und kreiste weiter über dem Boot.

»Lass das blöde Vieh«, sagte der Pockennarbige. »Wir verkaufen die Kleine an meine Base, das gibt gutes Geld! Die ist bestimmt über zehn, schau doch mal –«

Er versuchte mir die Lumpen hochzuschieben.

Der wollte tatsächlich nachsehen, wie die Kleine gebaut war! Ich war platt. Hatte der sie noch alle?

Das Mädchen war anscheinend vor Schreck bewegungsunfähig, aber ich war nicht fünfzig geworden, ohne meine Erfahrungen mit der Selbstüberschätzung mancher Männer gemacht zu haben.

Ich stellte mir vor, es wären meine Hände. Ich konnte meinen schweren Goldring mit den gezackten Rändern und dem kantigen Rubin geradezu fühlen.

Ich ballte die Hand zur Faust und haute ihm kräftig auf die Knöchel. Er schrie auf und wich zurück.

»Was war das? Was hast du da am Finger?«, stöhnte er. »Da ist doch gar nichts, aber ich blute!«

Der Rotnasige glotzte. Dem fielen fast die Augen aus dem Kopf.

»Hast du das gesehen?«, stammelte er. »Ihre Augenfarbe verändert sich! Eben war sie blau, jetzt ist sie braun. Die steht mit dem Teufel im Bunde! Warum sonst soll der Vater wohl verbrannt werden! Und die Elster da oben – ich hab's gesagt! Jeder weiß doch, dass Elstern Hexentiere sind!«

Es war an der Zeit, die Verwirrung weiter zu vergrößern.

Ich machte einen Schritt vor und rammte dem Rotnasigen das Knie in die Weichteile. Er klappte aufjaulend zusammen.

Der Pockennnarbige hatte die Finger in den Mund gesteckt und blickte wehleidig drein.

Sie wirkten so überrascht, dass ich mich gewehrt hatte. Anscheinend waren sie das nicht gewöhnt. Ich überlegte gerade, ob ich noch genug aus dem

Selbstverteidigungskurs wusste, um die Fleischklopse zu überwältigen, als vom Ufer Trompetenklänge erschollen.

»Verdammt«, schrie der Rotnasige, »die Garde der Königin!«

Auf dem breiten Uferstreifen hatte sich eine Gruppe von Männern in dunkelblauen Uniformröcken mit roten Stickereien formiert. Sie sahen aus wie Yeoman Warders.

Einer hielt die Hand zum Trichter geformt vor den Mund und rief: »Landet das Boot am Ufer an und bringt das Kind herüber!«

»Vielleicht bezahlt der uns was«, mutmaßte der Pockennarbige, wischte sich die blutenden Knöchel am schmutzigen Hemd ab und warf mir einen schiefen Blick zu, während er die Ruder wieder aufnahm.

»Der bezahlt uns gar nichts, wir können froh sein, wenn die uns nicht einsperren«, fauchte der andere. »Die verdammte neue Garde der Königin – die nehmen anständigen Bürgern auch das kleinste bisschen Spaß! Halt bloß deine große Klappe! Was für eine Schnapsidee, das Mädchen unmittelbar vor dem Tower aufzulesen! Wir hätten es ersaufen lassen sollen!«

Die neue Garde der Königin.

Das hatte mir Bettina erzählt, nachdem wir am Eingang des Towers von einem würdevollen Mann in altmodischer Uniform mit Halskrause und Hut begrüßt worden waren: Die Yeoman Warders waren kurz vor Elizabeths Amtsantritt ins Leben gerufen worden.

War ich im elisabethanischen Zeitalter gelandet? Waren das die ersten Beefeater, die ich da sah?

Nicht, dass sich etwas an der Eigenwilligkeit der Situation verändert hatte, aber ich wurde allmählich neugierig. Wenn mir nur nicht so kalt gewesen wäre!

»Gib mir was zum Umhängen«, forderte ich den Rotnasigen auf, »damit schindet ihr Eindruck bei der Garde.«

»Sie hat wieder braune Augen«, bemerkte der Mann verschüchtert und versuchte mich nicht anzusehen, als er seinen Mantel abnahm und mir um die Schultern legte. Er roch nicht gerade frisch, aber er war wenigstens warm.

Über uns gab die Elster ein Geräusch von sich, das wie ein Lachen klang.

Der Kahn setzte auf dem Ufergrund auf.

Zwei Yeoman Warders streckten mir die Hände entgegen und hoben mich aus dem Boot.

»Die Königin hat vom Fenster aus gesehen, was du vorhattest«, sagte der eine. »Sie will dich sprechen.«

Ich schwankte zwischen *Oh toll, Elizabeth die Erste will mich sehen, ich werde ihr von Angesicht zu Angesicht gegenüberstehen* und der Sorge, was die Königin wohl mit dem Mädchen vorhatte. Die Kleine ließ sich resigniert mitschleppen.

Die Männer der Garde lachten nur, als der Rotnasige seinen Mantel zurück haben wollte.

Geschieht ihm recht, dachte ich, obwohl der Gestank dieses Fetzens einen Härtetest für meinen Geruchssinn darstellte.

Die Männer der Garde nahmen mich in ihre Mitte. Einer legte mir behutsam lederbehandschuhte Finger auf die Schulter, die ich kaum spürte. Die Berührung wirkte überraschend respektvoll.

Sie führten mich – uns – auf das Towergelände. Der White Tower tauchte imposant aus dem Nebel hervor. Die Treppe hinauf, durch das große Tor. Dort, wo ich in der Ausstellung die riesigen Glaskästen mit den mittelalterlichen Rüstungen bewundert hatte, befand sich jetzt eine Art Wohnraum mit kostbar bestickten Polstermöbeln und einer runden, bereits für das Abendessen vorbereiteten Tafel.

Sollte ich bis hierher immer noch nicht begriffen haben, dass ich nicht mehr in meiner Zeit war – jetzt war auch der letzte Zweifel erstickt.

Das Wappen über dem Kamin bewies meine Vermutung: Die rotweiße Rose. Ich war im Zeitalter der Tudors!

Wenn Bettina das sehen könnte, dachte ich begeistert, und dann folgte die Ernüchterung: Wie komme ich hier wieder raus?

Dienstboten in Kitteln und Schürzen eilten umher, es herrschte eitel Geschäftigkeit. Anscheinend wurden Gäste erwartet. Manch eine Magd riskierte unter ihrer Haube einen verschämten Blick auf die Gardemänner, den ich sehr wohl registrierte. Manche Dinge änderten sich offenbar niemals.

Die engen gewundenen Treppenhäuser in den Towergebäuden hatte ich in meiner Gegenwart nicht gemocht, und da gab es wenigstens Geländer an den Wänden. Das Mädchen, mit dem ich den Körper teilte, war völlig verunsichert.

Wir betraten die St. John's Kapelle. Die kleine Kirche hatte mich vielleicht von allen Sehenswürdigkeiten, die ich bisher im Tower besucht hatte, am meisten beeindruckt. Die großartigen Säulen mit ihrem sanften Bogen, der Lichteinfall durch die beiden Fenster direkt am Altar, die Empore und die seltsame Stille in diesem Raum, die auch durch fünfzig schwatzende Touristen nicht wirklich gestört werden konnte – das hatte mich verzaubert.

Aber was um alles in der Welt sollte das hier?

Es war die St. John's Kapelle – die Form war unverkennbar. Aber die Kirchenbänke waren fort, der Altar war nicht mehr zu sehen, weil lauter Plunder herumstand. Riesige hölzerne Kisten stapelten sich.

Die Kapelle war ein Lagerraum!

Ich war entrüstet.

Die Männer der Garde blieben stehen und nahmen Haltung an. Es war völlig still, bis auf ein Rascheln irgendwo in dem Dämmerlicht der Kirche.

»Mylady, wir haben Eurem Befehl entsprochen«, sagte der eine Yeoman Warder, der nach wie vor die Hand auf meiner Schulter liegen hatte. »Hier ist das Mädchen.«

Als meine Augen sich an das herrschende Halbdunkel gewöhnt hatten, nahm ich vor mir eine Bewegung wahr. Das, was ich zunächst für eine Art Garderobenständer gehalten hatte mit einem Berg von Zeug drauf, war eine Frau in einem überdimensionalen Kleid.

Ich hatte dergleichen auf Gemälden gesehen, aber die Realität ließ sich mit den Bildern nicht vergleichen.

Der Anblick erinnerte mich an eine Aufschrift, die ich vor Jahren auf einem Müllcontainer gelesen hatte: »Ich bin vier Mülltonnen«.

Dieses Kleid hatte gigantische Ausmaße.

Die Ärmel sahen aus wie aufgeblasen, der Reifrock hatte eine Dimension, dass ich mir nicht vorstellen konnte, wie es möglich sein sollte, sich darin zu bewegen. Wie kam sie durch die schmalen Türen?

Der Oberkörper der armen Person war in das engste Mieder geschnürt, das ich je gesehen hatte und wirkte gänzlich widersprüchlich zu dem ganzen anderen Bausch. Keine weibliche Form war zu erkennen, die Brust komplett platt gedrückt.

Ansonsten war das Kleid mit Sicherheit sauteuer gewesen, ein silbrig glänzender Stoff, über und über verziert mit verspielten Goldstickereien. An den Ärmeln und am Hals waren Krausen angebracht, die wie die Deko unter einer Sahnetorte aussahen. Oder wie eine Kreissäge, die den Kopf vom Hals abtrennt, fiel mir unsinnigerweise ein. Ich ärgerte mich über mich selbst. Ich stand vor Elizabeth der Ersten, und das einzige, woran ich denken konnte, waren dämliche Vergleiche.

Elizabeths blasierter Gesichtsausdruck wunderte mich nicht. Wahrscheinlich konnte das arme Ding nur stoßweise atmen und die Luftzufuhr zum Gehirn war blockiert.

Sie war jedenfalls bleich wie der Tod, und die graublauen Augen traten hervor.

Aber sie war munter.

»Mädchen«, fuhr sie mich mit einer Stimme an, gegen die das Wasser der Themse lauwarm gewesen war. »Was hast du gemacht? Weißt du nicht, dass es Sünde ist, das von Gott gegebene Leben selbst zu nehmen?«

Sie griff nach der Perlenkette mit dem Kreuz, die vor ihrem platten Busen hing, und hielt es dem Mädchen vor die Nase.

Na, die ist ja prima drauf, dachte ich. Vielleicht hat sie irgendwo auch noch Knoblauchzehen zum Entgegenhalten? Vermutlich ist das Mieder durch Bleiplatten verstärkt. Kein Wunder, dass sie schlechte Laune hat.

Die Kleine wurde überraschend wütend.

»Ihr habt mir meinen Vater genommen«, fuhr es die Königin an. In mir keimte Bewunderung auf. Ich hatte immer gedacht, die einfache Bevölkerung sei früher beim Anblick der Royals reihenweise vor Ehrfurcht in Ohnmacht gefallen. »Ihr habt ihn im Tower eingesperrt!«

Und Elizabeth überraschte mich auch. Sie reagierte ziemlich souverän. Statt sich über den Tonfall zu empören, wie ich erwartet hatte, rückte sie lediglich das diamantenstarrende Diadem auf ihrem rotblonden Haar zurecht und fragte eine Nummer sanfter: »Und wer ist dein Vater?«

»Hew Draper«, antwortete das Mädchen.

Ich war fassungslos. Der Mann, der die Sphäre gezeichnet hatte!

In meinem Alter wusste man, dass die Zahl der Zufälle im Leben bei weitem kleiner war, als man in jungen Jahren anzunehmen pflegte.

Am oberen Fenster war ein Kratzen wie von Krallen zu hören. Ich konnte nur einen Schatten erkennen, aber ich hätte gewettet, dass da draußen die Elster saß.

Elizabeth zog die Augenbraue hoch. Vermutlich hatte sie das vor dem Spiegel geübt, denn sie konnte es ziemlich gut. Es verlieh ihrem Gesicht zuerst einen fragenden, dann einen nachdenklichen und schließlich einen abweisenden Eindruck. Eine gute Leistung für ein einzelnes Hochziehen einer Augenbraue, fand ich.

»Dein Vater ist des Umgangs mit Hexenwerk angeklagt«, ließ sie verlauten. »Und er hat es sogar zugegeben.«

»Das war früher!« Das Mädchen klang ziemlich verzweifelt. »Das war wegen meiner Mutter, weil sie krank war und er sie retten wollte. Er hat doch gesagt, dass er alle seine Bücher verbrannt hat. Und das stimmt auch, ich habe es selbst gesehen!«

Die braucht er auch nicht, dachte ich, er hat sie so gut im Kopf, dass er sie vorlagenfrei in Wände ritzen kann.

Elizabeth machte eine Bewegung. Es hätte so etwas wie ein Herunterbeugen zu dem Mädchen sein können, aber das erlaubte natürlich ihre Garderobe nicht.

Ihre Stimme war deutlich freundlicher als zuvor, als sie sagte: »Wie heißt du?«

»Anne«, antwortete das Mädchen ganz leise.

»Anne«, wiederholte die Königin. Sie schloss die Augen und lauschte dem Klang nach. »Meine Mutter hieß auch so.«

Sie öffnete die Augen wieder. Ihre blassen Lippen deuteten ein Lächeln an.

»Und deine Mutter ist tot?«, fragte sie. »Was ist mit deinen Geschwistern?«

»Meine Mutter ist an den Pocken gestorben«, erwiderte Anne tonlos. »Und Geschwister habe ich keine.«

Elizabeth wandte sich an die Yeoman Warders.

»Holt mir Draper her«, kommandierte sie.

Ich schaute zum Fenster: Der Schatten war fort.

Stille breitete sich in der Kapelle aus. Elizabeth drehte Anne den Rücken zu und wühlte in einer der Truhen.

Anne schlich hinter der Königin her. Was um Gottes willen hatte sie vor? Ein Attentat? Jahrzehntelange Erfahrung mit dem Kino des 20. und 21. Jahrhunderts ließen Actionszenen durch mein Bewusstsein blitzen.

Einen Moment später wusste ich es, was Anne wollte, und ich schämte mich für meine Thrilleradaptionen. Ich spürte den seidigen Stoff des Kleides zwischen meinen – Annes – Fingern.

»Das ist schön«, sagte die Kleine.

Die Königin drehte sich um und sah auf Anne hinab. Ihre Miene war undurchdringlich.

»Es kratzt«, sagte sie. »Und ich bekomme keine Luft darin. Ich hasse es.«

Wir sahen einander an: Anne, die Königin, und ich durch Annes Augen.

Ich hätte schwören können, dass wir dreistimmig kicherten. Ich fand den Gedanken tröstlich, dass es Dinge gab, die uns Frauen verbanden, egal, wie viele Jahrhunderte uns trennen mochten.

Die Tür zur Kapelle flog auf.

Hew Draper war ein kleiner dicker Mann in meinem Alter, mit der rotgeäderten Haut des geübten Trinkers und einer wie eine Speckschwarte glänzenden Glatze. Er hatte ein freundliches Gesicht, und ich mochte ihn auf Anhieb, nicht nur, weil Anne sich – mich – vor Glück schluchzend in seine Arme warf. Ich fühlte, wie Hew zitterte, als er sie umschlang.

»Meine Königin«, stammelte er und versuchte trotz Anne in seinen Armen eine Art Hofknicks.

Elizabeths Blick war immer noch undurchdringlich. Aber ich war überzeugt, dass sie nach dieser Vorführung über Hews Talent als Hofnarr nachdachte.

»Das Kind hat ohne dich niemanden«, sagte Elizabeth zu Hew. Es war keine Frage, sondern eine Feststellung.

Draper nickte.

»Du hast deine Frau mit den Schwarzen Künsten zu retten versucht?« Elizabeth schaute den Delinquenten mit zusammengekniffenen Augen an.

Er nickte wieder.

»Es hat nicht geholfen«, sagte er und senkte den Blick.

»Und weil du erkannt hast, dass es falsch ist, hast du die Bücher verbrannt und dich von diesem gottlosen Zeug abgewendet«, fuhr Elizabeth fort. Sie machte es Hew nicht besonders schwer.

Er verneigte sich vor ihr.

Die Königin wandte sich an den Hauptmann der Yeoman Warders.

»Kein Eintrag in die Schriften«, ordnete sie an.

Der Gardist verbeugte sich so tief, dass er mit dem Kopf beinahe seine Knie berührte.

Sie drehte sich um und wühlte erneut in ihrer Truhe.

Ich fragte mich, was sie da machte. Waren wir jetzt endlich entlassen?

Elizabeth schien gefunden zu haben, wonach sie suchte. Sie zog einen dicken pelzgefütterten Mantel heraus und hängte ihn Anne um die Schultern. Er fühlte sich unglaublich warm und weich an.

Ich dankte dem Tier, das dafür sein Leben gelassen hatte, und leistete im Stillen Abbitte an die PETA.

»Ihr könnt gehen«, sagte die Königin.

Die Beefeater begleiteten uns nach draußen. Minuten später standen wir im Londoner Nebel am Ufer der Themse.

Hew legte Anne die Hände auf die Schultern.

Und dann sah er mich an. Mich. Nicht seine Tochter. Ich spürte, wie der Blick in mein Innerstes hineinging, bis ins Herz.

»Danke«, sagte er. »Danke, dass du meine Tochter und mich gerettet hast.«

»Und du bist doch ein Hexenmeister«, brachte ich hervor. »Die Elster – das warst du!«

Er schmunzelte. Lachfältchen bildeten sich um seine Augen. Er wurde mir immer sympathischer.

»In dieser Zeit ist man mit ein paar zusätzlichen Fähigkeiten gut bedient«, erklärte er. »Ich kann auf diese Weise viel besser auf Anne aufpassen.«

»Und ich habe davon auch profitiert«, erwiderte ich. »Wer kann schon von sich sagen, Elizabeth die Erste in einem viel zu engen Mieder erlebt zu haben?«

Hew lachte laut, dann berührte er meine Stirn mit dem Zeigefinger. Die Umgebung verschwamm vor meinen Augen. Sein Lachen wurde leiser, während das Rauschen der Themse immer stärker anschwoll. Der Nebel wurde dichter, umschlang mich, nahm die Wärme des Pelzmantels.

Alles um mich begann sich zu drehen. Meine Welt schwankte auf und ab wie auf einer Achterbahn.

»Hilfe! Hilfe! Hilfe!«

Endlich konnte ich aus dem kreissägeähnlichen Geräusch ein verständliches Wort extrahieren. Ich schlug die Augen auf. Über mir der Glasbehälter mit dem Leuchter, dann kam Bettinas verzerrtes Gesicht in mein Blickfeld. Sie hatte den Mund unvorteilhaft weit aufgerissen und hörte nicht auf zu schreien.

»Um Gottes Willen, sei endlich still«, stöhnte ich und setzte mich auf. Mir war übel und immer noch schwindelig, aber es wurde allmählich besser.

»Was – was ist passiert, Sonja?« Bettina half mir mit zittrigen Händen auf die Beine. »Du bist einfach umgefallen! Du warst weiß wie die Wand und bist buchstäblich aus den Latschen gekippt!«

»Die Vergangenheit hat nach mir gegriffen«, murmelte ich mit dumpfer Stimme. Als Bettinas Kinnlade herunterklappte, musste ich lachen.

»Also, ich muss doch zugeben, Liebes – der Londoner Nebel ist gar nicht so unflott«, erklärte ich. »Der hat was. Was Mystisches.«

»Du wirst mir sofort erzählen, was passiert ist«, sagte Bettina geschockt.

»Worauf du dich verlassen kannst«, antwortete ich. »Aber erstmal möchte ich mir den ganzen Tower nochmal ansehen.«

»Nochmal?«, fragte Bettina zweifelnd. »Aber wir waren doch praktisch schon überall, und du hattest eben schon überhaupt keine Lust!«

»Nochmal«, bestätigte ich. »Ich habe jetzt jede Menge Lust! Ich werde manches mit ganz anderen Augen sehen.«

Bettina wandte sich zum Treppenhaus. Ich blieb noch einen Moment und legte die Hand auf Drapers Sphäre. Sie fühlte sich nicht mehr warm an – es war einfach eine kunstvoll gravierte Steinwand.

Ein Geräusch ließ mich zum Fenster blicken. Da saß eine Elster. Es sah aus, als würde sie mir zuzwinkern.

Pica

Der Wanderer war nicht ganz so einsam, wie er gedacht hatte. In einer Wolke aus Staub tauchte vor ihm ein Ochsenfuhrwerk auf. Ein Knecht schlenderte zu Fuß daneben her; die Räder des Karrens rumpelten so schwerfällig über die tiefen Fahrrillen, dass der Bursche Zeit hatte, links und rechts der alten Römerstraße im Gebüsch nach Beeren zu suchen. Es kostete den Wanderer keine Mühe, das Fuhrwerk einzuholen.

»Gott zum Gruß!« Er winkte kurz in Richtung des Knechts, ignorierte den Unfreien aber sonst, seine Worte galten natürlich dem Mann auf dem Karren. Der warf dem Fremden einen misstrauischen Blick zu, ehe er den Gruß erwiderte. Fröhlich schwenkte der Wanderer seinen langen Stab.

»Na, was ziehst du denn für ein Gesicht? Dir hat's wohl heute früh schon das Korn verhagelt?«

»Das Korn nicht«, knurrte der Kutscher. »Den Flachs wohl.«

»Den Flachs?« Der Wanderer verlangsamte den Schritt, um neben dem Karren herzuschlendern. »Ist das dein Ernst? Du siehst mir nicht aus wie ein Bauer.«

»Ich hab auch nicht gesagt, es sei mein Flachs.«

»Jetzt verstehe ich gar nichts mehr.«

»Brauchst du auch nicht. Geht dich ja nichts an, mein Unglück.«

»Na, hör mal!« Der Wanderer lachte. »Wir haben einen so herrlichen Tag, als hätte ihn Gott für seine Engel und Heiligen geschaffen, es ist früh, noch nicht zu heiß zum Reisen, und du sitzt auf dem Bock und ziehst ein Gesicht, dass den Kühen die Milch im Euter sauer wird. Das soll mich nichts angehen?«

»Bist wohl ein großer Menschenfreund?«, spottete der Kutscher. Der Wanderer nickte eifrig.

»Verdirbt mir die Laune, wenn ich mitansehen muss, wie sich einer mit bösen Gedanken quält.«

»Das mag ich! Verlangst du womöglich, ich soll mein Herz ausschütten vor einem Wildfremden? Weiß ich, was du für einer bist? Den Kleidern nach kein armer Mann, aber was läufst du dann zu Fuß hier draußen herum, allein und ohne Knecht?«

Wieder lachte der Wanderer. »Das will ich dir sagen: Meine Stute ist trächtig, der Hengst lahm. Und auf eins von den Zugpferden wollte ich mich wirklich nicht setzen. Außerdem brauchen die Knechte die jetzt für die Ernte. Und ich hatte ja gehofft, ich würde vielleicht beritten zurückkommen.«

»Wie das?«

Der Wanderer deutete über die Schulter zurück. »Hast du nicht vor einer Viertelstunde die Abzweigung bemerkt? Nein? Naja, ist auch ein bisschen schwer zu finden. Da liegt das Gehöft eines Verwandten. Und dieser Vetter hatte mir erzählt, es sei ihm gelungen, ein Maultier zu züchten. Das wollte ich mir ansehen und es am liebsten gleich kaufen.«

Die finstere Miene des Kutschers begann sich aufzuhellen. Maultiere waren selten und teuer; wer so beiläufig ein solches Tier erstehen konnte, und wer im Stall neben den Arbeitstieren gleich zwei Reitpferde stehen hatte, der musste in der Tat ein wohlhabender Mann sein.

»Ist wohl nichts geworden aus dem Kauf?«, erkundigte er sich. Der Wanderer zuckte die Achseln.

»Angeblich war es schon verkauft. Ich glaube, mein Verwandter hat sich einen Scherz mit mir erlaubt. Ich habe ihn so oft aufgezogen wegen seiner Maultierzucht, aus der nie etwas wurde … Aber was soll's. Es regnet nicht, ich habe keine Löcher in den Sohlen. In zwei Stunden bin ich zu Hause. – Jetzt erzähl' mir du aber auch von deinem Unglück, nachdem du das meine gehört hast.«

Der Mann auf dem Kutschbock seufzte. »Mein Unglück … siehst du, ich bin Händler. Sigiperht heiße ich. Und ich wollte bei den hiesigen Bauern Flachs und Leinen einhandeln, die sie mir im letzten Jahr versprochen hatten.«

»Leinen«, wiederholte der Wanderer verblüfft. »Dass man damit Geld machen kann?«

»Hier im Osten nicht«, sagte Sigiperht. »Hier, wo jeder Hof seinen eigenen Flachs anbaut und die Frauen das Leinen daraus selbst weben. Aber drüben im Westen, im Neustrischen, wo es die großen Städte gibt, da bringen sie das Leinen kaum schnell genug her. Da kaufen die Händler oft die Flachsernte vom nächsten Jahr im Voraus, unbesehen auf dem Halm, nur damit sie ihnen keiner wegschnappt.«

»Und du wolltest unser Leinen bis nach Neustrien fahren auf deinem Ochsenkarren?«

»Natürlich nicht. In Frigisinga gibt's einen Juden, den Abraham. Der kauft uns das Leinen ab und stellt eine große Lieferung zusammen für seinen Schwager in Reims. So war der Plan. Ich habe schon letztes Jahr mit den Bauern in der Gegend Verträge geschlossen. Sie sollten mehr Flachs anbauen als sonst, und ihre Frauen sollten es verspinnen und weben. Jetzt wollte ich die fertige Ware abholen.«

»Und?«

»Und? Dem ersten Bauern hat der Hagel den Flachs zerstört. Sagt er. Beim zweiten sind die Wildschweine eingefallen. Der dritte hatte die Fäule auf den Feldern. In Wirklichkeit haben sie wahrscheinlich bei den Abgaben getauscht, das gute Leinen hergegeben statt der fälligen Mastsau und dem Topf Honig, weil sie's nicht brauchten und leicht entbehren konnten. Jedenfalls war nichts da. Nichts als gute Worte habe ich bekommen statt meiner Leinenstoffe, und die paar mageren Fetzen da.« Er deutete mit dem Daumen über die Schulter auf die fast leere Ladefläche des Karrens. Erbittert registrierte er, dass der Wanderer zu lachen begann. »Das hat man nun davon! Dich freut wohl mein Unglück?«

»Nein, das dauert mich«, beteuerte der Fremde rasch, »auch wenn's mich nicht wundert. Die hiesigen Bauern sind doch alles Gauner und Rosstäuscher. Nein, ich lache, weil ich mir denke, dass der

Herrgott uns beide nicht umsonst hier zusammengeführt hat.«

»Jetzt willst du wohl sagen, du könntest mir aus meiner Not helfen?«

»Das will ich meinen. Ich habe gerade das gegenteilige Problem. Ich habe einem meiner Nachbarn, dem's nicht gut ging, aus purer Gutmütigkeit im vergangenen Jahr die Flachsernte abgekauft – war alles, was er eingebracht hat, der arme Kerl, alles Korn hatte der Sturm niedergedrückt, das Heu verregnet, sogar die Schweine wollten nicht fett werden. Den Flachs haben meine Weiber daheim versponnen und verwebt, und jetzt lagern wir ballenweise das Leinen, viel mehr, als wir brauchen.«

»Das ist nicht möglich!« Der Händler strahlte. »Du bist die Rettung aus meinem Unglück! Hör zu, geh nach Hause und richte mir alles her. Ich kaufe dir ab, was du entbehren kannst. Ich muss noch ein paar andere Gehöfte hier besuchen, wo man mir Leinen zugesagt hatte. Spätestens übermorgen komme ich zu dir.«

»So.« Nun wurde die Miene des Bauern misstrauisch. »Übermorgen. Und wenn du heute von den anderen Höfen genug Leinen einsammelst, vergisst du mich wahrscheinlich, und ich bleibe auf meinen Ballen sitzen. Da wäre es ja besser, ich belade selbst einen Karren und liefere das Leinen bei deinem Juden in Frigisinga ab.«

»Ich komme bestimmt!« Sigiperht langte in den Beutel, der ihm am Gürtel hing, und zog einige Münzen hervor. »Hier. Eine Anzahlung, damit du sicher sein kannst, dass ich dich nicht vergesse. Den Rest bekommst du, wenn ich deine Ballen gezählt und begutachtet habe.«

Der Bauer besah sich die Münzen in seiner Handfläche, nickte und steckte sie ein. »In Ordnung, ich verlasse mich auf dich. Dann will ich einmal vorauseilen und bei mir zu Hause den Frauen Bescheid geben.« Er winkte mit seinem Wanderstab.

»Und wo finde ich dich?«, rief ihm der Händler hinterher.

»Keine zwei Stunden von hier. In Ardeoingas. Frag nur nach dem Bauern Hacho!«

Erstaunlich, wie schnell eine Begegnung auf der Straße die Laune verbessern konnte, dachte Sigiperht. Er machte es sich wieder auf dem Karren bequem, pfiff vergnügt vor sich hin und scherzte mit seinem Knecht.

Die Elster, die hoch über der Straße von Baumwipfel zu Baumwipfel hüpfte, beäugte ihn interessiert aus einem schwarz glänzenden Auge.

Es war ruhig. Zu ruhig.

Wenn Fulcko morgens die Augen aufschlug, begrüßte ihn normalerweise ohrenbetäubender Lärm. Das gute Dutzend Schwalben, das seine Nester in die schweren Balken der Dachkonstruktion gebaut hatte, begann den Tag entschieden früher als seine Mitbewohner, die Wachleute des Königsguts zu Ardeoingas, die eine Etage tiefer auf dem gestampften Lehmboden ihre Betten aufgeschlagen hatten. Heute schwiegen die Vögel, bis auf einen gelegentlichen Laut, in dem merkliche Empörung mitschwang.

Als Fulcko den Kopf wendete, erkannte er, warum. Eine Elster saß in schwarz-weißer Pracht auf dem Boden vor seinem Bett. Als der Franke sich bewegte, schielte sie kurz zu ihm hinauf. Lange ließ sie sich nicht von dem eigentlichen Gegenstand ihres Interesses ablenken: dem blank polierten Knauf von Fulckos Schwert, den sie andächtig bewunderte.

»Ksch!«, machte Fulcko. Wieder musterte ihn die Elster, dann pickte sie mit dem Schnabel probehalber nach dem Knauf.

»Ein Kratzer«, sagte Fulcko, »und ich drehe dir den Kragen um.« Er schwang die Beine aus dem Bett. Die Elster machte einige beleidigte Hopser rückwärts, ließ ein Schäckern hören, breitete demonstrativ gemächlich die Flügel aus und flatterte durch die offene Tür ins Freie.

»Die Viecher werden immer frecher«, sagte Fulcko zu Hartger. Aber den Auftritt einer Elster zu kommentieren, war unter Hartgers Würde.

Als Fulcko wenig später aus dem Tor des Guts stapfte, sah er die Elster wieder. Sie saß auf dem Dachfirst von Rathards Taverne und schaute zu einem Mann hinunter, der soeben ins Freie trat und sich den Mund abwischte. Ein fremdes Gesicht, braungebrannt, mit Augen, in denen der Schalk blitzte, und dunklem Haar, das die ersten silbernen

Sprenkel eingefangen hatte. Fulcko grüßte verdutzt, und der Fremde lächelte zurück.

»Wer war das denn?«, erkundigte sich der Franke bei Rathard. Der Schankwirt stand in seiner Halle und räumte Teller und Becher von einem Tisch. Auch das ungewöhnlich. Sonst bewirtete er nur zweimal die Woche Gäste, an den übrigen Tagen hatte er, wie alle, auf dem Feld zu tun.

»Das? Ah, den könnt ihr Franken nicht kennen. Das ist der Zeizilo, der Bruder vom Hacho. Der ist schon vor Jahren hier weggezogen.«

»Hacho hat einen Bruder?«

»Wie man's nimmt.« Rathard hob die Schultern. »Dem Zeizilo seine Mutter, das war keine Freie.« Er zögerte, ehe er hinzufügte: »Sagt der Hacho.«

Der Nachsatz genügte, damit Fulcko Bescheid wusste. Hacho, einer der wohlhabenderen Bauern des Orts, war berüchtigt für seinen Geiz.

»Das heißt, Zeizilo hat, als Unfreier, von seinem Vater nichts geerbt?«

Rathard bewegte leise den Kopf hin und her. »Gab viel Gerede damals. Weil viele nicht gewusst hatten, dass die Mutter vom Zeizilo eine Unfreie war.«

»Lebt sie noch?«

»Nein, nein, die ist lange vor Hachos Vater gestorben. Am Ende, nach einigem Streit, ist der Zeizilo gegangen.«

»Und nun ist er zurück?«

»Nur auf Besuch, wie er mir sagte. Spätestens morgen will er wieder fort. Vielleicht will er noch einmal mit Hacho reden, wegen des Erbes. Manchmal werden die Leute mit den Jahren ja milder.« Er schüttelte den Kopf. »Obwohl ich's mir beim Hacho nicht vorstellen kann.«

Fulcko seufzte. Immer die alte Geschichte. In solchen Momenten blitzte die Erinnerung auf an seine eigene Kindheit. An ein Gut, das nach Recht und Gesetz an Fulcko hätte fallen sollen und das heute ein entfernter Verwandter bewirtschaftete, der gute Beziehungen zum zuständigen Richter und eine offene Börse gehabt hatte. An die Hilflosigkeit angesichts von Unrecht, das vor aller Augen geschah und gegen das es keine Handhabe gab.

»Der Zeizilo hat sich aber fein rausgemacht«, warf Rathard ein. Versöhnlich, als ahne er Fulckos schwarze Gedanken. »Mit richtigen Münzen hat er bezahlt; so etwas sehe ich hier selten, höchstens von euch Franken. Und Kleider wie ein hoher Herr. Da wird der Hacho gestaunt haben.«

Neue Gesichter sorgten für Aufsehen. Der halbe Ort fand im Laufe des Tags einen Vorwand, auf Hachos Hof vorbeizuschauen und den Heimkehrer zu begrüßen. Als Fulcko es tat, fand er den Fremden in einem kleinen, recht ramponierten Grubenhaus an einem Tisch sitzen, vor sich eine Menge Weidenruten und neben sich den kleinen Pettilo, einen Unfreien Hachos, dem sein jugendliches Alter und eine unvergleichliche Dickfelligkeit erlaubten, alle Anordnungen seines Herrn, der wie ein schiefer Baumstamm am Eingang lehnte und in die

Werkstatt hinabschimpfte, so völlig zu ignorieren, als habe er sie tatsächlich nicht gehört.

»Nur weil wir einen Gast haben, heißt das nicht, dass es keine Arbeit zu tun gibt!«

Pettilo und der Fremde tauschten einen Blick, der Junge runzelte die Stirn, aber keiner von beiden blickte sich nach dem Sprecher um. Auf der Tischplatte hüpfte eine Elster hin und her, pickte ab und zu nach der Klinge des Schnitzmessers, wenn Zeizilo es weglegte, oder trug mit dem Schnabel einen Stab zur Tischkante, wo sie ihn zu Boden fallen ließ und den Fall mit einem Auge so kritisch beobachtete, als stelle sie mathematische Berechnungen an. Pettilo hob den Stab begeistert wieder auf, legte ihn zurück, und das Spiel begann von vorn.

»Was wird das denn?«, erkundigte Fulcko sich.

»Ein Käfig«, sagte der Fremde etwas wehmütig. »Für meine Pica.« Er deutete mit dem Kinn auf die Elster und grinste, als diese bei Nennung ihres Namens ein Pfeifen hören ließ. Um seine Augen bildete sich ein Geflecht fröhlicher kleiner Falten, er schnalzte zur Antwort mit der Zunge. Zeizilo schien mit seinem griesgrämigen Halbbruder weder äußerlich noch im Charakter viel gemeinsam zu haben, dachte der Franke.

»Der wird bestimmt zu klein für sie!«, beschwerte sich Pettilo. Der Gast schüttelte den Kopf.

»Sie ist das gewohnt. Ich muss sie meistens einsperren, wenn ich irgendwo zu Gast bin.«

»Natürlich musst du das!«, polterte Hacho vom Eingang her. Seine breite Gestalt sperrte fast das Licht aus. »Eine Elster mit sich herumzuschleppen, die Eier und Küken abträgt, wo gibt es denn so etwas! Das Vieh war noch nicht ganz im Haus, als es schon angefangen hat, nach meinen Wertsachen zu schielen! Die silberne Fibel meiner Oda hatte sie schon fast im Schnabel!«

»Die Fibel deiner Frau ist bestenfalls *ver*silbert«, sagte Zeizilo ruhig und zwinkerte Pettilo zu. »Meine Pica stiehlt nur echtes Silber.«

Der Junge grinste unsicher zurück. »Stehlen soll man nicht.«

»Natürlich nicht. Aber wenn man es tut, sollte es sich wenigstens lohnen, findest du nicht?«

Der Junge kam nicht dazu, zu antworten. Eine Frau boxte sich an Hacho vorbei, schob Fulcko zur Seite und packte Pettilo am Arm.

»Das sieht dir ähnlich! Nach zehn Jahren hier aufzutauchen, ohne ein Wort, und dann solche Lehren zu verbreiten! Wo auch immer du gewesen bist, Zeizilo, ich wünschte, du wärst dort geblieben!« Sie stürmte davon und zerrte Pettilo am Arm hinter sich her. Fulcko hatte Pettilos Mutter, eine stille, in sich gekehrte Unfreie, noch nie so aufgeregt erlebt.

»Aber Afra …«, sagte der Gast, das Schnitzmesser in der Hand, zu der Stelle, an der die Frau gerade noch gestanden hatte. Hacho schnaubte verächtlich.

»Ich habe immer vermutet, dass die Missgeburt von dir ist.«

Fulcko machte sich davon. In Familienangelegenheiten sollte man sich nicht einmischen.

43

Dieser gute Vorsatz hielt bis zum Nachmittag. Dann kam Lantpert herunter in den Ort. Heute nicht in Amtsgeschäften als Richter, sondern in Begleitung eines Ortsfremden.

»Das ist Sigiperht«, stellte er den Händler vor, neben dessen Ochsenkarren seine Stute ungeduldig hin- und hertänzelte. Der Genannte winkte fröhlich. Er schien ausnehmend guter Laune; auf dem Karren stapelte ein Knecht eine große Menge Leinenballen. – »Sigiperht ist auf dem Weg zu Hacho.«

»Zu dem scheint heute alle Welt zu wollen«, sagte Fulcko. Lantpert winkte ab, seine Augen funkelten.

»Sigiperht will zu Hacho, weil er ihm gestern auf der Straße begegnet ist. Und denk dir, Hacho hat ihn mit seiner allseits bekannten Fröhlichkeit und Freundlichkeit so aufgeheitert, dass Sigiperht seitdem alles glücklich von der Hand gegangen ist. Nicht wahr, Sigiperht?«

»Das könnt Ihr laut sagen, Herr Iudex.« Der Händler lachte leise. »Ich wollte schier verzweifeln an jenem Morgen. Alle meine Pläne waren fehlgeschlagen. Dann begegnete ich Hacho unterwegs, erzählte ihm meinen Kummer, und von da an schien nichts mehr schiefgehen zu können. Seht selbst, was ich seit gestern an Leinen einkaufen konnte bei den Bauern ringsum. Darum bin ich auch heute schon hier, um Hacho aufzusuchen. Ich hatte ihm versprochen, sein überschüssiges Leinen anzukaufen, und ich will nicht, dass er fürchtet, ich käme nicht.«

»Hacho … hat Leinen zu verkaufen?« Fulcko begriff gar nichts mehr. In Hachos Haushalt wurden Unterhemden wie Bettwäsche so lange gestopft, bis der Stoff nur noch aus Nähten und Flicken zu bestehen schien. Entsprechend wenig Flachs baute Hacho jedes Jahr an, und entsprechend wenig neues Leinen brauchten seine Frauen jedes Jahr zu weben. Wann auch, sie waren ja mit Flicken beschäftigt.

»Mindestens so viel überschüssiges Leinen, wie er überschüssige Heiterkeit und Freundlichkeit zu vergeben hat«, spottete Lantpert, sprang aus dem Sattel und nahm die Stute beim Halfter. »Komm mit, Sigiperht. Da vorne ist Hachos Hof. Du musst mir diesen Hacho, von dem du sprichst, unbedingt vorstellen. Denn dem bin ich in den vier Jahren, seitdem man mich als Richter hier eingesetzt hat, offenbar noch nie begegnet.«

»Ich habe eine leise Ahnung«, murmelte Fulcko, als er sich den beiden anschloss. Sie sollte nicht enttäuscht werden.

Es dauerte eine Weile, ehe alle Beteiligten ausgiebig genug versichert hatten, dass sie einander noch nie begegnet waren, Hacho, der Wert darauf legte, am Vortag den Ort nicht verlassen zu haben und schon gar keinen Schwager zu seiner Verwandtschaft zu zählen, der sich auf eine solch brotlose Kunst wie Maultierzucht verlegt habe, ebenso wie Sigiperht, der enttäuscht feststellte, dass dies leider nicht der freundliche Herr sei, der ihn gestern aus seiner Niedergeschlagenheit aufgemuntert habe und dem er, ja, ja, das schon, einige Münzen als Anzahlung auf das zu erwartende Geschäft bezahlt habe. Noch länger dauerte es, dem plötzlich hochinteressierten Richter Lantpert zu erklären, inwieweit das womöglich mit jenen Münzen zusammenhängen könne, mit denen der heimgekehrte Halbbruder Hachos heute früh bei Rathard seinen Wein und seine Mahlzeit bezahlt hatte.

»Was hatte der überhaupt bei Rathard zu suchen?«, polterte Hacho dazwischen. »War ihm das Brot an meinem Tisch nicht gut genug?«

»Vermutlich zu hart und trocken«, murmelte Lantpert, so leise, dass es außer Fulcko niemand hörte. Hacho war ohnehin damit beschäftigt, seine Knechte auf die Suche nach Zeizilo zu schicken.

Sie kehrten unverrichteter Dinge zurück. Zeizilo war samt Elster und Käfig wie vom Erdboden verschluckt. Und seine Börse natürlich mit ihm. Fulcko wunderte sich nicht darüber. Eher schon, als Sigiperht, der betrogene Händler, nicht etwa zu toben, sondern lauthals zu lachen anfing.

»Das ist mir ja ein Hund, dein Bruder.« Er schlug dem wutschäumenden Hacho auf die Schulter. »Lasst gut sein, lasst gut sein, ihr Herren. Den Schaden hat ja niemand als ich, und ich glaube, das war mir der Spaß wert. So einen herrlichen Streich hat mir lange niemand mehr gespielt.«

»Das heißt, du willst den Betrüger davonkommen lassen?« Hachos Augen weiteten sich, ob nun vor Entsetzen oder vor Fassungslosigkeit. Solch ein Gedanke kam in seiner Welt nicht vor.

»Ach was, Betrüger!« Sigiperht lachte wieder, diesmal über Hachos Gesicht. »Ein paar kleine Münzen hat er mir abgeluchst und mir im Gegenzug mehr Glück eingetragen, als ich auf dieser ganzen Reise bisher hatte. Wenn ich verkaufe, was auf meinem Wagen liegt, wird das meinen Verlust leicht aufwiegen, und mit guten Zinsen. Und vielleicht hast du, Hacho, mir ja auch ein wenig Leinen zu verkaufen?«

Vor Verblüffung konnte der Bauer kaum antworten. Zum Glück hatte die allgemeine Aufregung inzwischen die halbe Nachbarschaft in Hachos Halle gelockt. Moatbert und Eio erklärten, noch einige Leinenvorräte zu besitzen, von denen sie sich unter Umständen trennen wollten, und einige der Pächter boten ebenfalls etwas an. Sigiperht strahlte. »Nun, da seht ihr es. Die paar Münzen, die ich diesem Gauner zusteckte, hätte ich nicht besser anlegen können.«

Eine eigenwillige Auslegung der Dinge, aber der Einzige, der sich darüber erregte, war Hacho. Alle anderen fanden die Aussicht auf ein Handelsgeschäft interessanter, und selbst Lantpert erklärte, als Richter nicht tätig werden zu können, solange ihm vom Geschädigten keine Anklage vorliege.

Im selben Moment huschte etwas Schwarz-Weißes an Fulcko vorbei. Die Elster – niemand zweifelte daran, dass es die Zeizilos war – flatterte zielstrebig durch die offene Tür in die Halle und auf einen Tisch zu, auf dem, vergessen und einsam, etwas Silbernes blitzte. Fulcko konnte es nicht genau erkennen, war aber sicher, es handle sich um die silberne Fibel, von der Hacho am Vormittag in der Werkstatt gesprochen hatte.

»Die Elster! Das diebische Vieh! Haltet es auf!«

Hacho brüllte und fuchtelte mit den Armen; sein Kopf war rot angelaufen vor Wut. Einer der Schaulustigen war so geistesgegenwärtig, die Tür zuzuwerfen, ehe der Vogel entwischen konnte. Die Elster stieß, ohne ihre Beute loszulassen, einen fast verächtlichen Laut aus, und stieg höher. Höher und immer höher, ehe sie, gemeinsam mit dem Rauch der Feuerstelle, durch das Giebelloch entschwand.

»Schlaues Tier«, sagte Lantpert anerkennend. »Man könnte meinen, es macht das nicht zum ersten Mal.«

Jetzt bekam Lantpert seine Anklage, er bekam sogar mehr davon, als er hören wollte. Hacho zeterte, als hätte die Elster einen Königsschatz entwendet statt einer billigen Blechfibel. Überhaupt vermisse er etliche Dinge, die gewiss der geflohene Halbbruder sich angeeignet habe, der ein Nichtsnutz sei und ein Tagedieb, dem man schon allein deshalb keine Münze, ach, keinen Kanten Brot überlassen dürfe.

»Gut, gut«, unterbrach der Iudex. »Wir werden nachsehen, ob wir diesen Zeizilo einfangen können. Fulcko muss mich begleiten, da ich den Mann nie gesehen habe. Aber willst du nur deswegen Anklage erheben, Hacho? Wegen einer Fibel, die nicht der Mann, sondern ein Tier gestohlen hat? Was ist mit dem viel größeren Anspruch, den du hast?«

»Wovon sprecht Ihr?«

»Du sagst, die Mutter des Mannes sei eine Unfreie gewesen. Das macht ihn selbst zu einem Unfreien, und damit zu deinem Besitz. Willst du ihn nicht zurückhaben?«

Hacho starrte den Richter verblüfft an. Der Gedanke war ihm offenbar nie gekommen. »Da sei Gott vor!«, stotterte er dann, alle zehn Finger von sich gestreckt. »Nicht um alles in der Welt will ich diesen Kerl auf meinem Hof.«

»Hattest du ihn damals freigelassen, als er von hier fortging?«

»Ihr stellt Fragen ...«

»Weil ich gern eine Antwort hätte.« Lantperts Lächeln hatte scharfe Kanten.

»Nun – nicht direkt. Aber als er sich davonmachte, habe ich ihn laufen lassen. Was wollte ich denn anfangen mit ihm. Außerdem ...«

»Ja?«

Hacho schob sich den Strohhut weiter in die Stirn und kratzte sich im Nacken. »Außerdem ist er halt doch mein Bruder.«

»Verstehe. Das bedeutet, dass du deinen Halbbruder freigelassen hast, spätestens jetzt – wir alle sind Zeugen.« Lantpert winkte Fulcko und drehte sich um in Richtung der Pferdeställe. »Lass uns reiten, Franke. Weit kann er noch nicht sein.«

»Er hat ihn betrogen, oder?«, fragte Fulcko, als er sich auf seinen Braunen schwang. »Zeizilo war kein Unfreier. Hacho würde nie einen Unfreien laufen lassen, ohne ihn zu verfolgen.«

»Gewiss nicht. Ist dieser Zeizilo älter oder jünger als Hacho?«

»Deutlich jünger. Vielleicht vierzig.«

»Dann war es für Hacho vermutlich umso leichter, ihn um sein Erbe zu bringen. Aber einen freien Mann zum Abhängigen zu machen, da schlug ihm doch das Gewissen. Und da hätten die anderen im Ort wohl auch protestiert.«

»Die anderen?«

»Glaubst du, Hacho hätte einen solchen Betrug durchziehen können ohne die stillschweigende Duldung der übrigen Bauern? Jeder von ihnen kannte Hachos Bruder, jeder von ihnen hätte aufstehen und Zeizilo unterstützen können. – Ah, zu dumm, dass ich damals noch nicht hier war. Ich hätte ihnen etwas erzählt, diesen scheinheiligen …!«

Während Lantpert räsonierte, hatten sie den Ort hinter sich gelassen. Sie ritten nach Norden, aufs Geratewohl. Fulcko fragte sich, wie sie den Entlaufenen aufspüren wollten. Lantpert zuckte die Achseln und schien nicht die Absicht zu haben, sich bei der Suche sonderlich anzustrengen.

Am Ende fand der Entlaufene sie. Er stürmte aus dem Gebüsch schnurstracks auf sie zu, atemlos von langem Lauf, und keuchte: »Meine Elster! Diebstahl!«

»Das wissen wir schon«, sagte Lantpert.

»Gar nichts wisst Ihr!« Zeizilo rang nach Luft, und nachdem Fulcko ihm erklärt hatte, dass er vor dem Gerichtsbeamten dieses Bezirks stand, berichtete er, was geschehen war.

Er habe gerade rechtzeitig gehört, wie Sigiperht unvermutet früh in Ardeoingas anlangte. In der Annahme, dass sein »kleiner Streich« (so nannte er es) mit der ergaunerten Anzahlung auf das Leinen nun unweigerlich entdeckt würde, habe er schleunigst sein Bündel und Picas Käfig gepackt und sei durchs andere Tor aus dem Ort geflüchtet.

»Und du hast die Elster nicht zurückfliegen lassen, damit sie Hacho bestiehlt?«

»Vielleicht ist sie mir einmal kurz entwischt. Sie ist nicht gerne in ihrem Käfig. Aber ich kann ihr schwerlich den Befehl geben zu stehlen.«

»Wer's glaubt. Was geschah dann?«

»Ich ließ mein Gepäck und Pica in ihrem Käfig in einem Versteck am Fluss und schlich mich zurück. Ich wollte wissen, ob man mich verfolgen würde. Aber als ich wieder zurückkam, waren zwar mein Mantel und mein Bündel noch da – aber der Käfig mit meiner Elster war verschwunden!«

»Und was erwartest du jetzt von uns?«, staunte Fulcko.

»Dass ihr mir meine Elster wiederbringt! Hast du nicht gesagt, dieser Mann da sei Richter? Ich erhebe Anklage gegen den, der meine Elster gestohlen hat. Der Vogel ist mein wertvollster Besitz – und mein einziger Freund«, setzte er leiser hinzu. »Von der Straße habe ich sie aufgelesen, als sie nur ein paar Stoppeln statt Federn hatte. Aus dem Nest muss sie gefallen sein, und aufgezogen habe ich sie von Hand. Sie ist zutraulich wie ein Schoßhund! Wenn Hacho sie erwischt ...«

Der Mann war in ehrlicher Aufregung, und Ganove oder nicht, er dauerte Fulcko. Sie folgten ihm zurück an den Fluss, wo Zeizilo sein Bündel im Gestrüpp neben einer alten Weide verborgen hatte, die ihre Zweige aufs Wasser hinausstreckte. Nicht weit weg fand sich im feuchten Ufergrund der Abdruck eines nackten Fußes.

Eines sehr kleinen Fußes.

»Ein Kind?« Lantpert musterte den Abdruck verblüfft. Fulcko dagegen seufzte.

»Pettilo.«

Der Richter schaute skeptisch; er ging Kindern, diesen unberechenbaren Wesen, ohnehin gern aus dem Weg. Um Pettilo machte er dabei den größten Bogen. »Meinst du?«

»Er war hin und weg von dem Vogel.«

»Weißt du, wo er sich momentan am liebsten herumtreibt?«

»In den alten römischen Ruinen. Das Versteck kennt sein Bauer noch nicht.«

Die Ruinen der römischen Villen, die hier einmal gestanden hatten, erinnerten eher an einen Steinbruch. Wer in der Gegend Mauerziegel benötigte, hatte sich seit Jahrhunderten bedenkenlos bedient. Ein Wunder, dass überhaupt noch Reste der Gebäude übrig waren. Bruchstücke einer Ziersäule lugten unter Unkraut hervor, gesplitterte Dachziegel knirschten unter den Sohlen der drei Wanderer.

Pettilos Versteck war ein halb eingebrochener, in den Boden eingetiefter Heizungsraum unter dem ehemaligen Badehaus. Eine Birke, von Bibern benagt, war umgestürzt und bildete nun mit ihren Zweigen und etlichem Schutt ein schräges Dach an einem noch immer fast hüfthohen Mauerrest. Fulcko beugte sich vor und lugte in den Raum hinunter.

»Dachte ich's mir doch«, sagte er, bevor er hinunterstieg.

Pettilo nahm die Entdeckung so gelassen hin wie alles andere. Er warf den drei Männern, die nacheinander in sein Versteck hinunterkletterten, einen kurzen Blick über die Schulter zu und wendete sich wieder dem Käfig zu, den er vor sich auf dem unebenen Boden abgestellt hatte.

»Das ist Pica«, erklärte er. In der richtigen Annahme, dass zumindest der Richter dem Vogel noch nicht vorgestellt worden war.

»Ich weiß«, sagte Lantpert, der Latein konnte. »Und jetzt gibst du sie samt ihrem Käfig Zeizilo wieder zurück.«

Der Junge seufzte, rappelte sich aus dem Schneidersitz in die Höhe und hielt dem Genannten den geflochtenen Weidenkorb brav wieder hin. »Ich dachte, Pica wäre etwas, das sich zu stehlen lohnt.«

»Das wäre sie bestimmt«, nickte Zeizilo wehmütig. »Aber ich bin froh, dass ich sie wiederhabe. Ich hätte nicht aus noch ein gewusst ohne sie.«

»Dann fragt sich nur, was aus der Fibel geworden ist, die die Elster gestohlen hat«, stellte der Richter fest. Pettilo zuckte die Achseln.

»Ich habe sie nicht aus dem Käfig gelassen.«

Alle sahen Zeizilo an. Auch der hob die Schultern – eine Geste, die der des Jungen so ähnlich war, dass man sie wirklich nur für Vater und Sohn halten konnte.

»Mal sehen.« Er knüpfte den Lederriemen auf, mit der die Klappe des Käfigs verschlossen war. »Pica, komm, Pica, Pica, braves Mädchen, wo ist es? Wo hast du es versteckt? Na komm, zeig's uns, Pica …«

Die Elster hüpfte ins Freie, breitete die Flügel aus und krächzte empört, als wolle sie zu verstehen geben, wie leid sie es war, hinter Gitterstäben zu sitzen. Zeizilo musste ihr eine ganze Weile schmeicheln, ehe sie sich in die Luft schwang und davonflatterte – am Boden verfolgt von drei Männern und einem Jungen, die fluchend hinter ihr her durch Brennnesseln und Dornsträucher stolperten.

Irgendwann – sie waren schon wieder ganz in der Nähe des Flusses – ließ sie sich nieder, hüpfte über den Boden und beäugte eingehend die Sträucher rundum. Schließlich begann sie, zielsicher mit dem Schnabel ein Loch in den Boden zu graben. Sie warf kleine Steine und Rasenstücke zur Seite, dann etwas Glitzerndes, holte schließlich ein Stückchen Brot heraus und flatterte damit auf den nächsten Ast.

Zeizilo hob den glänzenden Gegenstand auf und hielt Pettilo Hachos Fibel hin. »Bring's ihm. Nicht, dass deine Mutter es womöglich büßen muss.« Dann trat er an Picas Versteck heran und angelte mit den Fingern etwas heraus, das er schmunzelnd betrachtete. Ein Silberdenar. Dann noch einer und noch einer.

Lantpert räusperte sich vernehmlich. Zeizilo sah ihn erstaunt an.

»Ich bitte Euch, Herr Iudex, was wollt Ihr mir vorwerfen? Elstern lieben nun einmal alles Glitzernde. Kann ich die Natur eines Vogels ändern, den Gott selbst geschaffen hat, wie er ist? Pettilo wird meinem lieben Bruder die Fibel zurückbringen, mit meinen Grüßen und meiner Entschuldigung.«

»Und die Münzen?«

»Ah. Auf denen steht leider kein Name. Sieht nicht eine aus wie die andere? Hat sich jemand beschwert, er vermisse welche?«

Natürlich nicht. Hacho, der aus dem Jammern darüber, wie schlecht es ihm ging, nicht herauskam, würde nie zugeben, gemünztes Geld zu besitzen.

»Dann werden es Münzen aus meinem Beutel sein«, sagte Zeizilo fröhlich. »Pica bestiehlt mich ja nicht weniger gern als andere Leute. Ja, wenn ich mir die Münzen so betrachte: Ich bin ganz sicher, sie gehören mir.«

Er öffnete einen kleinen Lederbeutel und ließ die Denare hineinklimpern. Fulcko und Lantpert sahen einander an, und Fulcko hob leicht die Schultern.

»Verglichen mit dem, was Hacho ihm schuldig wäre, ist es vermutlich nur gerecht.«

Der Richter seufzte. »Nun gut. Aber sieh zu, dass du fortkommst aus unserer Gegend, Zeizilo.

Ich will auf dem nächsten Gerichtstag keine Anklage gegen dich zu verhandeln haben.«

»Wie oft habe ich das schon gehört ... Lebt wohl, edle Herren.« Er machte eine tiefe, spöttische Verbeugung. »Komm, Pica.«

Die Elster gab einen Laut von sich, der sich wie Gelächter anhörte, sah Lantpert und Fulcko an, ließ etwas fallen und folgte dem davonschlendernden Zeizilo wie ein gut dressierter Hund.

Heidi Christina Jaax

Der Feuervogel

Amelie blinzelte verschlafen in die aufgehende Sonne, welche ihre ersten Strahlen durch das kleine Fenster im Südturm sandte und ihre Kemenate in ein sanftgoldenes Licht tauchte. Der kleine Raum wirkte wie verzaubert, ihr dunkles, langes Haar schimmerte wie von einem Heiligenschein gekrönt.

Sie rekelte sich faul in dem gemütlichen Baldachinbett, rieb sich die Augen und versuchte sich zu orientieren. Am Vorabend war sie spät ins Bett gekommen, weil ihre Stiefmutter sich bereits fünf Monate nach dem tragischen Unfalltod ihres Vaters neu vermählt hatte. Trübe Gedanken wogten durch Amelies Kopf, der neue Gemahl und nun auch Herr auf Schloss Bernice war ein eitler Geck, gekleidet wie ein Stutzer und von einer aufgesetzten Freundlichkeit ihr gegenüber, welche nicht echt zu sein schien. Sein gewinnendes Lächeln hatte eine große Wirkung auf die meisten Menschen, besonders die Damenwelt zeigte sich davon angetan, Amelie jedoch war er in seiner gekünstelten Art zutiefst zuwider. Sie sollte ihn Papa nennen, was sie rigoros ablehnte, schließlich war er ein fremder Eindringling für sie. Immerhin war sie schon siebzehn und kein dummes Kind mehr, dennoch lag es nicht in ihrer Macht, diese Verbindung zu verhindern. Während ihre Befürchtungen, die künftige Zeit betreffend, düster waren, so versuchte sie doch auf eine glückliche Zukunft zu hoffen. Juliette, ihre schöne Stiefmutter, lag ihr sehr am Herzen, sie war jung und hatte sich ein neues Glück verdient.

Inmitten ihrer Grübeleien vernahm Amelie einen schrillen Vogelschrei, ein Schatten huschte am offenen Fenster vorbei, etwas blitzte auf und verschwand. Oh nein, das Medaillon ihrer früh verstorbenen Mutter war fort, sie hatte es am Abend auf dem Fenstersims abgelegt. Sie rannte zum Fenster und sah noch eine Elster in der Ferne davonfliegen. Was nun? Sie war untröstlich über den Verlust, der Tag begann mit einem denkbar schlechten Omen.

Und er wurde nicht besser, denn als um die Mittagszeit der neue Herr des Schlosses erschien, machte er gleich allen klar, dass nun andere, für alle Beteiligten harte Zeiten begannen. Ohne Plan und Verstand stellte er sämtliche bisherigen Anordnungen auf den Kopf, raffte sorgsam gehütete Schätze der Ahnen im Schloss zusammen und begab sich mit seiner Frau auf die Hochzeitsreise nach Venedig. Amelie verspürte das sichere Gefühl, im Weg zu sein, sein abschätziger, fast hasserfüllter Blick jagte ihr Schauder über den Rücken. Ein wenig versöhnte sie das glückliche Aussehen von Juliette. Schließlich waren sie fort und sollten erst in drei Wochen heimkehren.

Eine kleine Atempause, die Amelie wieder an den Verlust vom Morgen erinnerte. Sie hatte einen Plan, nahm aus der Küche einige Brotkrumen mit und streute diese auf ihren Fenstersims. Am Abend waren sie fort und sie wiederholte dies, mit dem

Erfolg, dass sie zur Schlafenszeit die Elster erneut sah. Fast hatte sie das Gefühl, diese schaue zu ihr hin und nicke ihr zu, was sicherlich eine Einbildung war.

So vergingen die Wochen, die Elster kam nun regelmäßig, erhielt Futter und ward zutraulicher. Sie wurde zu einer Freundin für das einsame Mädchen und lugte immer öfter mit ihren schwarzen Knopfaugen neugierig zum Fenster herein. Amelie legte ihr auch allerlei glänzenden Flitterkram und einmal sogar eine Münze hin, welche sie ebenfalls nahm.

Nach drei Wochen kehrten die Flitterwöchner heim, der Geck gebärdete sich als Schlossherr und war unerträglich in seiner Art, Juliette hingegen wirkte still und bedrückt. Amelie ging dem Übel auf zwei Beinen wohlweislich aus dem Weg und sah ihn lediglich zu den Mahlzeiten, senkte das Antlitz, um dem Blick aus seinen heimtückisch glänzenden Augen auszuweichen. Immer stärker verspürte sie das ungute Gefühl, nicht erwünscht zu sein, so mancher böse Kommentar traf sie bis in das Innerste ihrer verletzlichen Seele. Auch der gute, fast freundschaftliche Kontakt zu Juliette wollte nicht mehr zustande kommen, denn diese wurde von ihrem Mann isoliert oder in Beschlag genommen.

Aus diesem Grund freute sich Amelie besonders, als sie von deren Zofe ein Briefchen mit der Botschaft erhielt: »Komm zur elften Stunde zum

Wächterhaus am Haupttor, ich habe dir etwas Wichtiges zu berichten!«

Um diese späte Stunde hatte sich Amelie noch nie draußen aufgehalten, eine leise Furcht beschlich sie. Dennoch war es sicher wichtig, wenn Juliette einen so abgelegenen Ort auswählte, möglicherweise benötigte sie ihre Hilfe. So machte sie sich zur angegeben Stunde auf den Weg, eine Petroleumlampe beleuchtete ihr den Pfad über den finsteren Innenhof, ängstlich hörte sie auf die Geräusche der Nacht, als etwas sie sanft an der Wange berührte. Es war ihre Elster, immer wieder flog sie Amelie an und streifte sie mit dem Flügel, fast wie zur Warnung: »Halt inne, geh nicht weiter, es droht Gefahr.«

Doch Amelie eilte weiter durch die Nacht, um Juliette nicht warten zu lassen Sie betrat das Torhaus, tastete sich durch die enge Stiege die Stufen zum Wachraum empor, als es plötzlich hinter ihr knisterte und fauchte. Rauch stieg die Treppe empor, es brannte.

Sie rang nach Atem, versuchte sich zu orientieren, um den Rückweg zu finden, doch sie lief im Kreis. Schließlich ein erneuter Flügelschlag, ihre Elster war da, flog Amelie immer wieder an und versuchte sie so zum Ausgang zu lotsen. Es war furchtbar heiß, Amelie taumelte durch den Rauch, der Elster folgend, und gelangte schließlich ins Freie. Ihre gefiederte Freundin hatte glimmende Federn, gab noch einen unendlich schmerzvollen Schrei von sich und fiel ihr zu Füßen.

Sie barg das verletzte Tier in ihrem Rock und lief in Panik zum Schloss. Dort war man inzwischen auf das Feuer aufmerksam geworden, das Gesinde stürmte, unzureichend bekleidet und mit Eimern bewaffnet, zum Wächterhaus. Doch es war zu spät, der Wachturm brannte bereits lichterloh, es blieb nichts davon übrig außer den rauchenden Grundmauern. Den Turmwächter fand man tags darauf verkohlt in seiner Stube, es hieß, er habe mal wieder dem Branntwein zu kräftig zugesprochen, seine Lampe umgeworfen und so den Brand verursacht.

Das Rätsel um Amelies Botschaft von Juliette wurde nicht gelöst, da diese glaubhaft beteuerte, ihr keine solche gesandt zu haben, was schon sehr beängstigend war. Amelie pflegte ihre Elster gesund, richtig fliegen konnte sie allerdings nicht mehr. So blieb sie im Schloss und wurde von Amelie mit Nahrung versorgt, ward zur Freundin und Vertrauten, der Amelie in ihrer Einsamkeit all ihre Sorgen und Nöte kundtat.

Eines Tages lag nach einem ihrer kurzen Ausflüge ein glänzendes Etwas auf dem Fenstersims, es war das Medaillon.

Die drei Eichen

W arte auf mich!«
Doch Luise stellte sich taub und galoppierte quer über ein abgeerntetes Feld. Marie schaute ihr wütend nach. »Wenn du glaubst, dass ich dir folge, dann glaubst du falsch«, murmelte sie und ritt gemütlich den Feldweg entlang, der in einem großen Bogen zum Wald führte. Dabei behielt sie ihre Cousine im Auge, die den Waldrand schon fast erreicht hatte. Deshalb konnte sie auch direkt mitverfolgen, wie eine Elster mit lautem Schäckern aufflog, Luises Pferd scheute, und seine Reiterin vom Sattel kippte und in das Gebüsch flog, das den Waldrand säumte.

Marie hielt vor Schreck die Luft an und galoppierte dann aber ebenfalls, so schnell sie sich traute, in direkter Linie über den Acker, um der Verunglückten zu Hilfe zu eilen. Doch die war dort nirgends zu sehen. Marie sprang vom Pferd und band es an einem Baum fest, damit es nicht seinem Stallgefährten folgen konnte, der gerade in Panik zurück zum Schloss lief. Dabei rief sie: »Luise!«

Als Antwort hörte sie nur das Geschrei der aufgebrachten Elster, die in der Nähe in sicherer Höhe auf einem Baum saß und die ungebetenen Gäste kräftig ausschimpfte.

»Luise!« Marie suchte fieberhaft alles ab und bog die widerspenstigen Zweige auseinander.

Plötzlich hörte sie eine dumpfe Stimme: »Hier unten bin ich. Pass auf, dass du nicht auch einbrichst!«

»Luise!« Ungläubig kämpfte sie sich durch das Gestrüpp, in dem sich ständig der Schleier ihres Reithuts verfing, bis sie plötzlich vor einer Eiche ein Loch im Boden erblickte. »Luise?«

»Ja, hier unten! Das glaubst du nicht! Das musst du gesehen haben! Hier unten ist ein Gang!«

»Bist du verletzt?«

»Ich? Nein. Wie sollte ich? Die Sträucher haben mich doch aufgefangen! Und dann bin ich in dieses Loch gerutscht.« Sie streckte ihren schmutzverschmierten Kopf aus der Öffnung und strahlte vor Begeisterung. »Links oder rechts?«

Marie war noch ganz verdattert und reichlich blass um die Nase. »Was meinst du?«

»Na, den Gang! Ich bin ihn ein paar Schritte entlanggegangen. Aber dann kam ich zurück, weil du mich gerufen hattest. Der geht da noch ewig weiter. Komm! Ich helfe dir herunter. Er ist nicht sehr hoch. Wir müssen uns bücken. Hier sind drei Tritte an der Wand. Ich halte deine Hand. Dann kannst du heruntersteigen.«

»Du bist ja wohl nicht bei Trost!«, rief Marie aufgebracht. »Ich suche dich und komme hier oben fast um vor Sorge, und du erkundest seelenruhig Gänge. Und was machst du, wenn er einstürzt?«

»Das ist gar nicht so unsicher, wie ich zuerst dachte. Die Wände und die gewölbte Decke sind gemauert, und die Steine sitzen fest. Der Gang ist hier nicht eingestürzt, sondern da war schon immer ein Einstieg mit Falltür. Siehst du die merkwürdigen Holzbrocken? Das waren wohl meine Begleiter, die sich mir auf dem Weg nach unten spontan anschlossen.« Sie lachte laut über ihren eigenen Scherz und blickte sich, mit dem Waldboden auf Kinnhöhe, vergnügt um. »Ach, nein! Wir sind ja direkt bei den drei Eichen! Das kann kein Zufall sein! Sie markieren bestimmt den Einstieg zum Geheimgang!«

»Jetzt komm endlich wieder hoch! Die machen sich bestimmt schon große Sorgen und suchen nach uns. Dein Pferd ist nämlich nach Hause gerannt.«

»So ein Pech! Ich hätte so gerne den Gang untersucht. Hilf mir mal!« Sie streckte Marie ihre Hand entgegen und stieg über die Tritte, die wie eine ganz schmale Treppe an der Wand entlangführten, nach oben.

»Du siehst aus wie ein Ferkel«, konstatierte Marie. »Dein schönes Reitkleid!«

»Erzähl bloß nichts von dem Gang!«

»Warum?«

»Na, weil sie dann bestimmt sofort die Öffnung zumauern. Und dann können wir nicht mehr rein!«

»Warum willst du da rein? Du warst doch schon drin!«

»Also, manchmal kann ich deinetwegen wirklich nur noch den Kopf schütteln. Bist du denn nicht neugierig?«

»Ich bin vor allem hungrig.«

»Aber verstehst du denn nicht? Großmutter Hortenses Schmuck!«

»Welche Großmutter? Und welcher Schmuck?«

»Kennst du denn nicht die Geschichte? Großmama erzählt doch immer, dass Großmutter Hortense ihren Schmuck vor Napoleon versteckt hatte und auf dem Sterbebett nicht mehr sagen konnte, wo genau das war.«

»Was wollte denn Napoleon mit ihrem Schmuck?«

»Also, du treibst mich noch in den Wahnsinn! Das sagt man doch nur so! Als sie noch ganz klein war, war ihre Familie wegen der Revolution von Frankreich nach Preußen geflüchtet. Deshalb hatte sie andauernd Angst und versteckte ständig Wertsachen. Sie starb 1813 nach der Geburt von Papa. Als Großpapa später Großmama heiratete, fanden sie an den merkwürdigsten Plätzen Wertgegenstände. Die silberne Zuckerdose stand auf dem Schrank in der Halle, und hinter Großmamas Kleiderschrank steckt heute noch ein kostbarer Fächer. Man kann ihn sehen, aber bei jedem Versuch, ihn hervorzuangeln, rutscht er nur noch weiter. Doch das Schmuckkästchen von Großmutter Hortense blieb bis heute verschwunden. Sie haben nur den Schlüssel, den sie ihrer Zofe anvertraute, als es mit ihr zu Ende ging. Sie soll im Fieber ständig irgendetwas von einer Elster gemurmelt und wirr geredet haben.«

»Und du meinst, sie hat das Kästchen in diesem dreckigen Gang deponiert? Sie soll doch immer so auf ihre Toilette Wert gelegt haben. Ich kann mir nicht vorstellen, dass sie es hier versteckt hat.«

»Doch nicht im Wald, du Dummerchen! Aber vielleicht am Ende des Gangs. Der führt bestimmt zum Schloss. Also erzähl niemandem davon. Morgen kehren wir mit einer Laterne zurück und erkunden ihn.«

Sie schlüpfte behände durch das Gebüsch, sodass Marie gar nicht so schnell hinterherkam, begann auf dem Feldweg aber plötzlich zu humpeln. »Ich glaube, ich habe mir vorhin den Knöchel verstaucht. Darf ich reiten?«

»Meinetwegen«, murmelte Marie, half ihr aufs Pferd und ging nebenher. Zum Glück kam ihnen bald einer der Stallburschen, der zum Suchtrupp gehörte, mit Luises Pferd entgegen. Luise sprang flink herunter, ließ sich auf ihr eigenes Pferd helfen, und sie ritten zurück zum Schloss.

Auf der Freitreppe hielt Freifrau Sibylla von Schwetzerwitz mit gerunzelter Stirn nach ihren Enkelinnen Ausschau und murmelte: »Hoffentlich bringen wir diesen Wildfang bald einigermaßen unbeschadet unter die Haube. Nach dem dritten Kind wird sie vielleicht etwas ruhiger.« Als Luise und Marie von ihren Pferden stiegen, rief sie laut: »Reicht es dir nicht, auf die Erde zu fallen? Musst du dich auch noch darin wälzen? Mein Wort vom Donnerstag gilt: Wenn noch einmal ein Pferd allein nach Hause kommt, geht ihr zu Fuß.«

»Aber Großmama!«, rief Luise, entsetzt über die unerwartete Strenge. »Die Pferde müssen doch bewegt werden!«

»Die wissen selbst, wie man sich auf einer Koppel bewegt. Der Herrgott gab dir deine zwei Beine zum Laufen. Von Damensätteln steht in der Bibel nichts! Jetzt geh und wechsle die Kleider. Und benutze die Dienstbotentreppe.«

Luise ging wütend zur Seitentür, und Marie wollte ihr folgen, wurde aber zurückgerufen.

»Marie! Du nicht. Du bist sauber. Und nun sag mir, was passiert ist. Ach, nein, sag es mir nicht. Du warst schon immer eine schlechte Lügnerin. Ich weiß, du bist die Jüngere, aber kannst du denn nicht trotzdem ein bisschen besänftigend auf sie einwirken? Das kann man nicht früh genug lernen, wenn man eine gute Ehefrau werden möchte.«

In der Nacht fuhr Marie mit einem Schrei aus dem Schlaf. Luise, die sich ins Zimmer geschlichen und auf die Bettkante gesetzt hatte, flüsterte: »Still! Du weckst ja alle auf!«

»Was machst du hier?«

»Ich muss mit dir reden. Diese Elster geht mir nicht mehr aus dem Kopf.«

»Die, von der Großmutter Hortense auf dem Sterbebett gesprochen hatte?«

»Die auch. Ich meine aber die Elster, die mein Pferd erschreckte. Das kann kein Zufall sein!«

»Sie hat dort wahrscheinlich ihr Nest. Und Pferde erschrecken eben leicht.«

»Nein! Jetzt hör mir doch mal zu! Es kann kein Zufall sein, dass Großmutter Hortense immerzu von einer Elster sprach, und heute führt mich eine Elster zu dem Gang! Verstehst du denn nicht? Dort muss der Schmuck versteckt sein!«

»Aber das war 1813. So lange lebt doch kein Vogel!«

»Das meine ich nicht! Dort waren schon immer Elsternester. Und vielleicht wurde sie ebenfalls durch eine Elster auf den Gang aufmerksam.«

»Du meinst, sie ist ebenfalls rückwärts vom Damensattel gekippt?« Marie kicherte.

»Wie auch immer! Sie sprach ständig von einer Elster. Und endlich ergibt es einen Sinn!«

»Ja? Welchen?«

»Ich habe mir etwas überlegt! Wir nehmen morgen unsere Nachthemden mit auf den Spaziergang. Die ziehen wir an den drei Eichen über unsere Kleider, und um den Kopf binden wir ein Handtuch. Die Krinolinen und die Hüte verstecken wir im Gebüsch. Und dann brauchen wir natürlich noch Kerzen!«

»Du willst im Nachthemd spazieren gehen? Welchen Sinn soll das ergeben?«

»Nein! Ich sagte doch: Wir ziehen sie an den drei Eichen über die Kleider …«

»Und mit einem Handtuch auf dem Kopf?«

»… wie eine Schürze. Damit die Kleider nicht schmutzig werden, wenn wir den Gang erkunden. Und die Handtücher schützen unsere Haare, weil wir in dem niedrigen Gang nicht auch noch Hüte tragen können.«

»Ach, du willst den Gang erkunden. Aber dann werden doch die Nachthemden schmutzig! Und die Handtücher!«

»In denen sieht uns aber Großmama nicht. Wenn wir in schmutzigen Kleidern zurückkommen, gibt es doch bloß wieder eine Strafpredigt.«

»Ich will aber nicht in einem schmutzigen Nachthemd ins Bett gehen!«

»Dummerchen! Wer sagt denn, dass du das musst? Du hast doch sicherlich nicht nur ein Nachthemd eingepackt, das du die ganze Zeit, während wir hier zu Besuch sind, tragen willst. Oder? Ich gebe der Hanna eine Kleinigkeit, und sie kümmert sich darum, dass die Sachen gewaschen werden, ohne dass das jemand mitbekommt. Und wenn sie nicht ganz sauber werden, macht es nichts.«

»… weil uns Großmama niemals darin sieht.«

»Jetzt hast du mich verstanden.«

»Nicht ganz. Wer ist Hanna?«

»Die Waschfrau. Wenn einem so viele Missgeschicke passieren wie mir, ist es immer gut, wenn man die richtigen Leute kennt. Beziehungen sind alles im Leben. Das sagt auch Papa immer.«

Am nächsten Tag hatten beide ein kleines Bündel unter den Röcken, als sie zu ihrem Nachmittagsspaziergang aufbrachen. Bei den drei Eichen setzten sie ihren Plan in die Tat um und leuchteten in den Gang. Er schien sich durch die Erde zu schlängeln, denn auf beiden Seiten war eine Biegung zu sehen.

»Welche Seite führt zum Schloss?«, fragte Luise.

»Ich glaube, diese hier. Aus dieser Richtung sind wir auch gekommen.«

»Aber der Weg führt in einem Bogen zum Wald. Zum Schloss geht es bergauf. Also muss es die andere Seite sein, denn da sehe ich eindeutig eine Steigung.«

»Wie du meinst ...«

In gebückter Haltung folgten sie dem Gang. Hinter jeder Biegung vermuteten sie das Schloss und wurden immer wieder enttäuscht.

»Nimmt das denn nie ein Ende?«, stöhnte Marie nach einer Weile. »Das ist reichlich unbequem.«

Plötzlich blieb Luise, die voranging, abrupt stehen. »Da vorn ist eine Wand!«

»Herrlich! Wir sind da! Ist da auch eine Falltür wie im Wald?«

Luise ging weiter bis zur Mauer und leuchtete nach oben. »Tatsächlich! Hilf mir! Wir müssen sie hochdrücken.« Sie stellten die Kerzen auf den Boden und stemmten sich gegen die Metallplatte, die aber kein bisschen nachgab. Luise trommelte verzweifelt dagegen. Auf einmal war von oben ein Rumpeln zu hören, und die Falltür wurde geöffnet. Sie blickten einer Stallmagd direkt in die Augen, die gerade einen Knüppel schwingen wollte und noch rechtzeitig innehielt.

»Nanu! Ich dachte, ich höre einen Fuchs da unten. Ich bitte um Verzeihung!« Sie knickste verdattert.

»Sind wir hier im Schloss?«, fragte Luise und sah sich neugierig um. Die Antwort war ein Muhen.

»Nein, das hier ist der Kuhstall. Zum Schloss geht es hinter der Scheune links.«

»Hat sich denn nie jemand für diese Tür interessiert?«, fragte Marie.

»Hier steht immer dieses Ding.« Die Magd deutete auf ein Podest. »Da stellen wir die Milchkannen drauf, in die wir die Melkeimer leeren. Ich zog es weg, als ich Geräusche hörte. Eigentlich wollte ich nur nach der Liese schauen. Die hat einen verletzten Fuß und kann nicht mit auf die Weide.« Wie aufs Stichwort muhte die Kuh wieder und schaute neugierig auf die mit staubigen Handtüchern bedeckten Köpfe, die vor ihr aus dem Boden ragten.

»Hier sind wir also falsch«, konstatierte Luise. »Wir gehen am besten den Gang wieder zurück.«

Die Magd schloss die Falltür und brachte kopfschüttelnd alles zurück an seinen Platz, bevor sie nach der Kuh sah.

Währenddessen gingen die beiden jungen Damen den ganzen Weg zurück, und Marie schluckte ein »Ich habe es dir gleich gesagt!« hinunter. Bei den drei Eichen hatte sie schon den Fuß auf dem untersten Tritt, aber Luise fragte verwundert: »Was machst denn du?«

»Ich gehe jetzt nach Hause!«

»Das kommt überhaupt nicht infrage. Jetzt wissen wir doch, wo es zum Schloss geht.«

»Wir wissen lediglich, wo es nicht zum Schloss geht. Wer weiß, wo die andere Seite des Gangs endet. In einer Jagdhütte? Oder unten am See? Oder in Berlin?«

»Das müssen wir eben herausfinden!«

»Ich muss gar nichts! Mir tut der Rücken weh. Ich gehe keinen Schritt weiter in dieser Haltung.«

»Dann warte hier wenigstens auf mich!«

Damit war Marie einverstanden. Sie setzte sich auf den mittleren Tritt und versank in Träumereien. Luise nahm nun beide Kerzen mit und machte sich auf den Weg. Dieser Teil des Gangs war noch länger als der andere, und nach einer Weile konnte sie vor Schmerzen auch fast nicht mehr weiter. Aber es ging eindeutig bergauf, was ihr neue Hoffnung gab, dass er zum Schloss führen könnte. Jeder Schritt wurde zur Qual. Hinter jeder Biegung kam eine weitere Biegung, bis sie plötzlich wieder eine Wand sah. Sie stieß einen Freudenschrei aus und lief das letzte Stück. Sie leuchtete nach oben und sah – nichts. Zumindest keine Falltür. Auch links und rechts war nichts zu entdecken. Sie stellte die Kerzen auf den Boden und tastete alles ab. Aber sie fühlte überall nur Mauerwerk. Einen kleinen Unterschied fand sie jedoch: Die Wand am Ende des Gangs war eindeutig neuer!

»Die haben ihn zugemauert«, flüsterte sie erschüttert und brauchte eine ganze Weile, um sich mit dieser Tatsache abzufinden. Der Rückweg war eine einzige Strapaze. Mehrmals überlegte sie, ob es nicht besser sei, es auf allen Vieren zu versuchen. Aber die Schande, schon wieder mit schmutzigen

Kleidern nach Hause zu kommen, hätte sie nicht ertragen. Als ein schwacher Lichtschimmer den Ausgang bei den drei Eichen ankündigte, brach sie in Tränen aus. Prompt taumelte sie, trat mit dem linken Fuß in eine Vertiefung nahe bei der Wand und hätte sich um ein Haar den Knöchel verstaucht. Voller Hoffnung stellte sie die Kerzen auf den Boden und untersuchte die Stelle, aber es handelte sich lediglich um einen Abfluss, in den das Regenwasser laufen konnte. Nun hatte sie auch die Erklärung, warum der Gang zum Schloss hin abfiel und zur Hofanlage hin anstieg. Sie rüttelte an dem dicken Eisengitter über dem Abfluss, aber es saß fest. Hier konnten keine zarten Frauenhände Schmuck verstecken. Höchstens versenken. Luise musste plötzlich an den Fächer hinter dem Kleiderschrank denken und verfluchte halblaut ihre Ahnin.

»Luise?«

»Ja. Ich bin zurück.«

»Hast du etwas gefunden?«

Luise ging das letzte Stück bis zum Ausgang, wo Marie noch immer auf dem mittleren Tritt saß.

»Ah! Endlich stehen!« Luise steckte den Kopf aus der Öffnung und streckte sich. »Das andere Ende ist zugemauert. Die Steine sehen neuer aus als das restliche Mauerwerk. Dort hinten, nach der nächsten Biegung, fand ich auf dem Rückweg einen Abfluss. Wahrscheinlich hat sie ihre Juwelen da reingeworfen.«

»Da wären sie auf jeden Fall vor Napoleon sicher gewesen.« Marie stand auf, um sie vorbeizulassen.

»Du findest das wohl lustig?«, murmelte Luise erschöpft und stieg nach oben, um auf und ab zu gehen und mit den Armen zu rudern.

Marie setzte sich wieder. »Ich habe nachgedacht. Dieses ganze Gerede von einer Elster ergibt doch gar keinen Sinn. Angeblich hat Großmutter Hortense in den letzten Tagen fast nur noch Französisch gesprochen. Deshalb verstand ihre Zofe sie ja nicht. Sie kann also alles Mögliche damit gemeint haben. Igitt! Was ist denn das?«

»Was hast du?«

»Ich habe in irgendetwas hineingegriffen. Das fühlt sich so merkwürdig weich an.«

»Eine tote Ratte?«

Aber Marie war schon dabei, eine der Kerzen wieder anzuzünden, und leuchtete neben die Trittstufen. »Ich ließ einfach nur so die Hand hinunterhängen. Das gibt es nicht! Sieh nur!«

Luise hatte ihre Rückenschmerzen vergessen und sprang leichtfüßig die Stufen hinunter. Sprachlos starrten sie auf ein schimmliges Holzkästchen, das in der Ecke neben der Treppe auf dem Boden stand.

»Wie konnten wir das nur übersehen?«, stammelte Luise.

»Vielleicht bekam die diebische Elster, die es gestohlen hatte, plötzlich Gewissensbisse und brachte es zurück, während wir bei kranken Kühen für Unterhaltung sorgten.«

»Sei nicht albern! Wir haben hier nur nie richtig gesucht. Wir hätten uns die Trümmer der Falltür näher ansehen sollen.«

»Das französische Wort für Treppe ist *escalier*. Ein klein wenig klingt das doch nach Elster, wenn man es mit schwacher Stimme murmelt.«

Luise sah Marie mit offenem Mund an.

Auf der Freitreppe hielt Freifrau Sibylla von Schwetzerwitz wieder nach ihren Enkelinnen Ausschau und fragte sich, womit sie das eigentlich verdient hatte. Der Reitknecht, den sie mit der Suche beauftragt hatte, war längst zurück und hatte die Spaziergängerinnen auf keinem der Wege rund um das Schloss gefunden. Seufzend ging sie wieder hinein und arbeitete an ihrer Stickerei. Deshalb bekam sie gar nicht mit, wie die zwei jungen Damen ihrem Großvater, der auf der Terrasse eine Zigarre rauchte, stolz ein Kästchen präsentierten. Er saß ganz still da, paffte große Rauchwolken und betrachtete es eine ganze Weile.

»Ihr zieht euch besser erst einmal um und macht euch frisch, bevor ihr eure Großmama holt«, murmelte er nach einem Blick auf ihre schmutzigen Rocksäume.

»Aber möchtest du denn gar nicht nachsehen, was darin ist?«, fragte Luise verwundert.

»Ich kann warten. Ich konnte all die Jahre nicht hineinsehen. Da eilt es jetzt auch nicht.«

Beim Anblick ihrer zwei längst überfälligen Enkelinnen, die zudem nicht die Kleider trugen, in denen sie zu ihrem Spaziergang aufgebrochen waren, holte die Freifrau tief Luft, um eines ihrer gefürchteten Donnerwetter loszulassen, aber Luises einfacher Satz »Wir haben das Schmuckkästchen gefunden!« brachte sie völlig aus dem Konzept. Sie holte stumm den Schlüssel aus ihrem Nähtischchen und ging mit den beiden auf die Terrasse.

Dort saß der alte Freiherr Friedrich von Schwetzerwitz noch immer an seinem Platz und bewegte fast unmerklich die Lippen, während er das Kästchen seiner verstorbenen ersten Frau betrachtete. Als ihm seine zweite Frau wortlos den Schlüssel reichte, schreckte er regelrecht hoch und schüttelte lächelnd den Kopf. »Das Schloss ist wohl der einzige Teil, der noch nicht völlig morsch ist.« Er packte das Kästchen mit beiden Händen und es zerbrach in mehrere Stücke. Ein Dutzend verschimmelte Samtsäckchen kamen zum Vorschein. Luise und Marie hatten tiefrote Wangen vor Aufregung. Ganz vorsichtig nahm ihr Großvater eines der Säckchen, öffnete es und ließ den Inhalt in seine Hand gleiten.

»Pfui! Was ist denn das?«, rief Luise entsetzt beim Anblick des undefinierbaren, halbverrosteten Wirrwarrs.

»Das ist Eisenschmuck. Den trug man damals als gute Patriotin.« Freifrau von Schwetzerwitz musste sich mühsam ein Lachen verkneifen, als sie die langen Gesichter der beiden Schatzsucherinnen sah, denn ihrem Mann schien die Situation sichtlich nahezugehen.

»Sie verachtete Napoleon aus tiefstem Herzen«, sagte er leise. »Als Prinzessin Marianne von Preußen alle Frauen dazu aufrief, ihren Goldschmuck abzugeben, hat anscheinend auch meine teure Hortense ein Opfer gebracht und Eisenschmuck getragen. Ich kann mich nicht mehr so richtig daran erinnern, denn ich zog damals in den Krieg. Als ich zurückkam, war sie schon von uns gegangen.« Er stand abrupt auf und ging ins Haus.

»Aber Großpapa! Möchtest du denn nicht sehen, was in den anderen Säckchen ist?«, rief ihm Luise nach, doch ihre Großmutter legte ihr die Hand auf die Schulter. »Lass ihn. Du darfst gerne selbst nachsehen. Sei aber vorsichtig!«

So behutsam, wie es ihr bei ihrem Temperament möglich war, öffnete sie ein Säckchen nach dem anderen, aber sie fand immer nur rostiges Eisen. Tränen der Enttäuschung traten ihr in die Augen. Sie sprang auf und ging in den Garten.

»Marie, möchtest du das nächste öffnen?«, fragte ihre Großmutter. Und noch mehr Rost kam zum Vorschein.

Unterdessen saß Luise auf einer Gartenbank und weinte still vor sich hin. Eine Elster ließ sich in ihrer Nähe auf einem Ast nieder.

»Hau bloß ab, du dummes Vieh!«

Erschrocken flog der Vogel auf und ließ sein Schäckern hören.

»Ja, lach mich nur aus! Ich habe wenigstens noch Träume! Und was hast du? Eine hässliche Stimme!«

»Möchtest du den Bernsteinanhänger oder das silberne Kreuz?« Marie stand plötzlich neben der Bank und hielt ihr die beiden Objekte zur näheren Begutachtung vors Gesicht. »Sie lagen ganz unten im Kästchen. Wir dürfen sie als Andenken an unsere Schatzsuche behalten, wenn wir versprechen, in Zukunft keine Gänge mehr zu erkunden, sagt Großmama. Du darfst dir eines aussuchen. Ich nehme dann das andere. Mir gefallen beide, und so ist es mir gleich, welches Stück du nimmst.«

Luise wischte sich die Tränen aus dem Gesicht und lächelte: »Wähle du.«

»Dann nehme ich den Bernsteinanhänger. Er ist zwar nichts Besonderes, aber die Farbe wird mich immer an den schmutzigen Geheimgang erinnern. Und sie passt wunderbar zu meinem Haar.« Sie lief lächelnd zurück ins Haus, um ihren neuen Besitz sorgfältig zu reinigen.

Luise betrachtete das Kreuz, das ganz dunkel angelaufen war, und musste plötzlich über sich selbst lachen. »Und das passt wunderbar zu meiner schwarzen Seele.«

In der Nacht träumte die Stallmagd von zwei schmutzigen Schreckgespenstern, die sie kreuz und quer durch den Stall jagten. Schweißgebadet wachte sie auf und fragte sich, was um alles in der Welt die zwei feinen Damen denn im Nachthemd unter dem Kuhstall gesucht hatten.

Annette Hillringhaus

Über die Krallen der *Agalstra*

So. Das ist genug für heute.« Ida zog den Strick fest um das Reisigbündel. »Komm, Sophia.«

Die beiden jungen Frauen schwangen die ausladenden Bündel auf den Rücken und machten sich auf den Weg zurück zum Gutshof. Es war ein sonniger Tag, und eine leichte Brise ließ vereinzelte Wolken über den Himmel ziehen.

Ida und Sophia waren Schwestern. Sie waren die Töchter eines Leibeigenen, der mit seiner Familie in Diensten eines privilegierten Unfreien niederen Adels stand, eines Vasallen des Sächsischen Herzogs. Ida und Sophia hatten noch zwei Brüder, Dietrich und Bernhard. Drei weitere Geschwister, Heinrich, Mathilde und Reinhard, waren bereits als Kleinkinder gestorben. Die Familie arbeitete schwer, um Frondienste zu leisten und den kleinen Bauernhof zu bewirtschaften, auf dem sie lebte.

»Sieh mal, Ida, da kommt Agal!«

Ida folgte Sophias Blick und sah eine Elster schwungvoll auf einem Ast vor ihnen landen. Ihr prachtvolles Gefieder funkelte blaugrün und weiß in den Lichtflecken zwischen den Buchenblättern. Mit ein paar Flügelschlägen erhob sich der Vogel wieder und setzte sich auf Idas Reisigbündel.

»Agal, mein Schöner, erzähle uns vom Wind und der Heide«, lachte sie und zwinkerte Sophia vergnügt zu.

Im letzten Frühjahr hatte Ida nach einem Unwetter eine junge Elster in einem zerstörten Nest auf dem Boden gefunden, nachdem ein schwerer Ast einer Eiche herabgefallen war. Der Vogel hatte sich am Bein verletzt und Ida hatte ihn mitgenommen und aufgezogen. Agal war durch Idas Fürsorge zahm geworden und kehrte stets zu ihr zurück, obwohl sie ihn, als er alt genug war, in die Freiheit entlassen hatte.

Da Ida ebenso wie ihre jüngere Schwester Sophia als Magd in dem Rittergut des herzoglichen Vasallen ihren Dienst verrichtete, musste sie aufpassen, dass sich Agal dort nicht blicken ließ.

Elstern hatten einen schlechten Ruf. Sie galten als Galgenvögel, die mit dem Tod verbündet waren. Man konnte sie zuweilen bei Richtstätten sehen, denn sie fraßen Aas. Ja, womöglich waren Elstern sogar der Tod in Person! Ida kümmerte sich nicht um das Geschwätz anderer, denn sie wusste, dass Agal nicht bösartig war. Dennoch wollte sie ihren Gefährten nicht in Gefahr bringen und schickte Agal stets fort, wenn sie in die Sichtweite des Gutshofes kamen.

Doch diesmal war es Ida nicht möglich, den Vogel rechtzeitig zu verbergen. Als der Weg die beiden Schwestern um eine Hecke führte, kam ihnen auf dem schmalen Pfad Judith, die Tochter des Gutsherrn, im Beisein des Knechtes Bruno entgegengeritten.

Judith war etwa in Idas Alter, doch sah sie jünger aus, denn ihre Haut war hell und glatt wie Wachs, weil sie sie streng vor der Witterung schützte. Ida dagegen war braun gebrannt und hatte viele kleine Falten im Gesicht, da sie bei ihrer Arbeit Wind und Wetter ausgesetzt war.

Überrascht blieben die Schwestern stehen, als Judith ihr Pferd zügelte. Argwöhnisch fiel ihr Blick auf Agal, der noch immer auf Idas Reisigbündel saß. Ida verspürte einen Stich im Herzen.

»Was hat die *Agalstra** dort zu suchen?«, fragte Judith misstrauisch und ließ den Vogel nicht aus den Augen.

»Sie gehört zu mir«, antwortete Ida wahrheitsgetreu. »Ich habe sie gefunden, als sie noch klein war, und großgezogen. Sie ist zahm und tut niemandem etwas zuleide. Sein Name ist Agal.« Sie lächelte vorsichtig. Dann schnalzte sie leise mit der Zunge, und der Vogel hüpfte auf ihre Schulter und rieb seinen Schnabel behutsam an ihrem Ohr.

Mit einem prüfenden Blick sah Judith auf Ida hinab. »Und dein Agal ist nicht darauf bedacht, die Menschen zu bestehlen? Eine *Agalstra* ist diebisch!«

»Nein, das ist nicht seine Absicht, etwas zu stehlen, Herrin«, erwiderte Ida erschrocken.

Ein unangenehmes Schweigen folgte, bis Judith plötzlich erbost zischte: »Ich wäre mir da nicht so sicher. Deine *Agalstra* hat gerade einen interessierten Blick auf meinen Ring geworfen.« Sie hob die rechte Hand, die sie mit einem Handschuh geschützt hatte. Über die Spitze des Mittelfingers hatte sie den Ring gestreift, den sie üblicherweise

---

*   Elster (ahd.)

81

an ihrem rechten Zeigefinger trug. Der Handschuh hatte scheinbar nicht über den Ring gepasst.

Es war ein reichverziertes Kleinod aus massivem Silber, das einen oval geschliffenen roten Stein mit eingeritztem Bild trug. Judiths Pate Gottfried von Dörpen hatte das Schmuckstück im Jahr 1100 bei seiner Rückkehr getragen, nachdem er vier Jahre zuvor Robert von Flandern als Kreuzritter ins Heilige Land gefolgt war. Gottfried hatte den Ring seiner Gemahlin Gisela geschenkt, doch sie war ein Jahr später bei der Geburt ihres ersten Kindes gestorben, das ebenfalls nicht überlebt hatte. Der Ring war danach über viele Jahre im Besitz Gottfrieds geblieben, bis das Stück schließlich als Patengabe zu Judiths Taufe Verwendung fand.

»Agal liebt Dinge, die glänzen und funkeln, das ist wahr, doch würde er niemals Euren Ring stehlen, Herrin.« Trotzig sah Ida Judith tief in die Augen. Diese erwiderte den Blick.

»Das wollen wir hoffen«, entgegnete Judith und trieb ihr Pferd an. Mit mürrischer Miene folgte Bruno ihr.

»Ida! Wie kannst du nur so halsstarrig sein«, schimpfte Sophia, als die beiden weit genug entfernt waren. »Du darfst nicht so frech zu der Herrin sprechen, das ist nicht gut.«

»Zumindest ist es nicht gut, dass sie Agal gerade in diesen Zeiten entdeckt hat, Sophia. Sie ist im Moment in einer schlechten Verfassung, da ist es unpassend, ausgerechnet mit einer Elster zusammenzutreffen«, sagte Ida nachdenklich.

Judith war die Tochter von Wilhelm von Moorheyde, einem privilegierten Vasallen des Sachsenherzogs Heinrich III., genannt Heinrich der Löwe. Obwohl sich die Sächsischen Fürsten nicht am großen Kreuzzug beteiligt hatten, war Wilhelm von Moorheyde im August 1096 ebenfalls mit dem Kreuzritterheer nach Jerusalem aufgebrochen. Ihn zwangen jedoch die Folgen einer schweren Verwundung bei der Schlacht von Nicäa vorzeitig zur Umkehr.

Beinahe fünfzig Jahre später nun war ein zweiter Kreuzzug in Richtung Jerusalem aufgebrochen. Auch diesmal waren die Sachsen nicht beteiligt. Vielmehr hatte Heinrich der Löwe zur gleichen Zeit zu einem Kriegszug gegen die heidnischen Wenden im Osten aufgerufen, einem Vorhaben, das von Papst Eugen III. als Kreuzzug gebilligt worden war. Durch die Beteiligung an diesem Kriegszug waren die Fürsten im Norden des Reiches von der Teilnahme an einem Kreuzzug ins Heilige Land entbunden. Zwar sollten durch diesen Kriegszug die Slawen zum Christentum bekehrt werden, doch erhoffte man sich vielmehr neue Gebiete zu erobern, um die eigenen Ländereien zu erweitern.

Judiths Brüder Siegfried, Hermann und Otto, die im väterlichen Rittergut lebten, hatten sich vor drei Tagen auf den Weg gemacht, um Heinrich dem Löwen zu folgen. Sie hatten nicht nur die Knappen und Stallknechte, sondern auch andere Bedienstete aus der ritterlichen Hofhaltung ihrem

Tross angeschlossen. Idas ältester Bruder Dietrich war einer von ihnen.

Wilhelm von Moorheyde war nach wie vor der Hausherr des Gutes. Er war nach dem Aufbruch seiner Söhne in ein schweres Fieber gefallen; seine Frau Adelheid, Judiths Mutter, war vor zehn Jahren gestorben, sodass Judith nun als designierte Hausherrin alle Hände voll zu tun hatte, die Geschicke von Haus und Hof allein zu lenken. Die meiste Zeit verbrachte sie am Krankenbett ihres Vaters, doch zuweilen war es nötig, sich auszuruhen oder bei einem Ausritt auf andere Gedanken zu kommen.

Ida dachte nach. Vielleicht war es wirklich ein Fehler gewesen, Judith so herausfordernd anzusehen, doch was hätte Ida tun können? Agal würde den Ring niemals stehlen, dessen war sie sich sicher.

Vier Tage waren seit der Begegnung an der Hecke vergangen, in denen sich die beiden jungen Frauen nur gelegentlich sahen, doch nicht miteinander sprachen. Es gab viel zu tun. Ida wusste nicht, ob das Schweigen ein gutes oder schlechtes Zeichen war. Hatte sie Judith verärgert?

Wilhelm von Moorheyde war, dem Himmel sei Dank, wieder auf dem Weg der Genesung. Sein Fieber hatte sich gesenkt. Dennoch war er noch nicht bei Kräften, sein Lager zu verlassen. Judith kümmerte sich weiterhin mit größter Hingabe um ihren Vater und führte ihre kurzen Ausritte mit dem Knecht gleichermaßen fort.

An jenem Tag machte sie sich jedoch allein auf den Weg, ohne einen Knecht mitzunehmen. Alle kräftigen Männer des Hofes mussten bei der Errichtung eines neuen Dachstuhles auf einer der Scheunen helfen, sodass niemand, der zu reiten gelernt hatte, Judith begleiten konnte. Da Judith mit Bruno in den vergangenen Tagen immer denselben Weg genommen hatte, verzichtete sie auf eine Begleitung und ritt davon. Ihr blauer Mantel wehte leuchtend in der Sonne.

Ida stand in der Küche und zerstieß getrocknete Kräuter in einem Mörser. Sie fragte sich, wo plötzlich die anderen Mägde geblieben waren, als sie vor dem Wirtschaftsgebäude ein hektisches Stimmengewirr vernahm. Sie legte den Stößel zur Seite und eilte hinaus. Draußen standen die Mägde und Knechte, die ihre Arbeit an der Scheune beendet hatten, und debattierten aufgeregt miteinander.

Noch bevor Ida fragen konnte, was geschehen war, rief ihr Sophia entgegen: »Ida, die Herrin ist verschwunden! Das Pferd ist soeben ohne sie von dem Ausritt zurückgekehrt!«

Entsetzt blieb Ida stehen. Diese Nachricht ließ sie jeden Hader mit Judith vergessen. Gerade in der Zeit, in der die jungen Herren fort waren, musste ein Unglück geschehen. Ja, wahrscheinlich war es genau deswegen passiert, das Haus Moorheyde war allen Mächten und Geschehnissen schutzlos ausgeliefert.

Einer jedoch hatte die Fassung behalten. Der Großknecht Ruprecht, ein erfahrener Mann mit wettergegerbtem Gesicht und groben Händen, ließ seine kräftige Stimme über das Gewirr ertönen: »Hört mir zu! Unser Herr ist krank und seine Söhne sind fort, deshalb werde ich nun das Wort ergreifen und euch sagen, was zu tun ist.«

Niemand wagte zu widersprechen, vielmehr war jeder froh, dass Ruprecht die Führung übernahm.

Der Großknecht teilte die Männer in kleine Gruppen ein, die den Weg absuchen sollten, den Judith in den vergangenen Tagen stets entlanggeritten war. Die Frauen sollten auf dem Gutshof bleiben, um sich um den kranken Hausherrn zu kümmern und alles für die Rückkehr von Judith vorzubereiten.

Allmählich setzte die Dämmerung ein, sodass die Knechte mit Fackeln auszogen, um Judith zu suchen.

Es dauerte beinahe die ganze Nacht, bis sich alle Männer wieder erschöpft im Gutshof versammelt hatten. Von Judith war keine Spur zu finden gewesen. Entweder hatte sie einen anderen Weg als üblich gewählt und sich verirrt oder sie war entführt worden. Aber warum war dann das Pferd allein zurückgekehrt? War Judith aus dem Sattel gefallen oder absichtlich abgestiegen? Es gab mehr Fragen als Antworten.

Müde und enttäuscht mussten die Bediensteten ihre übliche Arbeit bei Tagesanbruch wieder aufnehmen. Eine Gruppe war erneut aufgebrochen, um nach Judith zu suchen, doch war es nicht leicht, eine Fährte zwischen den Hecken, kleinen Wäldern, Wiesen und Sümpfen zu entdecken, wenn man nicht wusste, wo die Suche beginnen sollte.

Ida kniete auf einer Wiese beim Rittergut und sammelte Löwenzahn und andere Kräuter, als plötzlich Agal geflogen kam und sich ihr mit einem Schwung auf den Kopf setzte.

»Au«, rief sie erschrocken, denn sie erhielt dabei einen Schlag auf den Kopf. Vorsichtig griff sie nach den Krallen der Elster, doch Agal hielt nichts darin fest. Dennoch führte er etwas Hartes bei sich. Ida schnalzte mit der Zunge und der Vogel setzte sich auf die dargebotene Hand.

»Was war denn das, mein Schöner?«, fragte sie erstaunt.

Agal saß aufmerksam auf ihrer Hand, legte den Kopf schief und blickte Ida mit seinen klugen Augen an. An seinem rechten Bein hing ein grüner, ringförmiger Gegenstand, dessen Gewicht und Härte den Schlag verursacht hatten, als der Vogel sich auf Idas Kopf niedergelassen hatte. Dieses Ding schien Agal nicht selbst aufgesammelt zu haben, sonst hätte er es im Schnabel getragen. Es sah auch nicht so aus, als ob es versehentlich an seinem Fuß hängengeblieben war. Vielmehr hatte jemand den Gegenstand Agal absichtlich über die Krallen gestreift, damit er ihn nicht verlor.

Vorsichtig griff Ida nach dem runden Ding und zog es von Agals Fuß. Das Grüne war ein Grashalm, der um einen unregelmäßigen Reif aus zwei Weidenblättern gewunden war und ein hartes Inneres besaß. Behutsam wickelte sie den Kranz auseinander. Ida stieß einen Überraschungsschrei aus, denn was sie in den Händen hielt, war Judiths Ring.

»Was hat das zu bedeuten?«, flüsterte Ida atemlos. Sie konnte zunächst vor Überraschung keinen klaren Gedanken fassen. Doch schließlich riss sie sich zusammen und erhob sich. Sie kraulte Agal am Kopf und gab ihm ein paar Pflanzensamen, die sie in einem Lederbeutel aufbewahrte, den sie an ihrem Gürtel hängend stets bei sich trug. Ida strich Agal sanft über die Flügel und ließ ihn fortfliegen. Dann eilte sie zurück ins Gut und suchte den Großknecht.

Ruprecht befand sich mit einem anderen Knecht namens Udo im Stall, wo sie Judiths Pferd begutachteten.

Nur wenige der Pferdestände waren besetzt, denn die meisten Tiere waren mit dem Tross ausgezogen. Die kräftigen Streitrösser hatten die drei

Brüder ebenfalls mitführen lassen, um sie im Kampf zu reiten.

»Ruprecht«, rief Ida atemlos. »Ich weiß, wo die Herrin ist!«

Überrascht blickten die beiden Männer auf.

»Sie ist bei der alten Silberweide jenseits des Buchenhains.«

»Woher weißt du das?« Ruprecht blickte Ida ungläubig an.

»Weil ich von meinem zahmen Vogel, den die Herrin auch kennt, das hier bekommen habe.«

Ida hielt dem Großknecht den Ring mit dem Halm und den Weidenblättern entgegen. Ruprecht und Udo rissen vor Staunen die Augen auf – ohne Zweifel, das war Judiths Ring.

»Woher hast du das, Ida?«, fragte der Großknecht streng.

»Ich sagte doch, das alles hat mir mein zahmer Vogel gebracht. Es ist eine lange Geschichte, die ich euch später erzählen werde. Aber jetzt ist es doch am wichtigsten, die Herrin zu finden«, drängte Ida. Es war nicht der richtige Moment, den beiden Männern von einer Elster zu erzählen – einem Vogel des Todes – und sie noch dazu von ihren guten Fähigkeiten überzeugen zu wollen.

»Und warum hast du den Ring von der Herrin erhalten und nicht ihr Vater? Nun gut, er liegt im Fieber … Aber dann hätte ich den Ring geschickt bekommen müssen, ich bin der Großknecht.«

Fassungslos starrte Ida Ruprecht an. Er hatte gar nichts begriffen. Er dachte nur an den teuren Ring und die Gunst Judiths, jedoch nicht daran, dass sie das Schmuckstück aus purer Verzweiflung als Botschaft geschickt haben könnte, um gefunden zu werden.

Ida benötigte alle Überredungskünste, um Ruprecht dazu zu bewegen, ihr zu glauben und mit ein paar anderen Knechten zu der besagten Silberweide zu reiten. Schließlich machten sie sich mit Judiths Pferd auf den Weg.

Seufzend ging Ida zurück zu der Wiese und sammelte Löwenzahn.

Es war noch nicht einmal Mittag geworden, als sich beide Suchgruppen wieder im Hof versammelt hatten. Sie hatten Judith tatsächlich gefunden und gerettet. Völlig entkräftet saß sie auf dem Rücken ihres Pferdes, das von einem Knecht geführt wurde, während zwei weitere zu ihren Seiten darauf achteten, dass sie nicht herabfiel.

Vorsichtig trugen sie Judith in das steinerne Wohnhaus hinauf in ihre Kemenate, wo bereits ein paar Mägde ein Bad gerichtet hatten und saubere Tücher und Kleider bereithielten. Ida folgte ihnen und nahm Moose, Kräuter und Salben mit, um Judith zu versorgen. Indessen ging Sophia in die Vorratskammer und holte Weizenbrot, Trockenfrüchte und Met.

Judith sah übel zugerichtet aus. Ihre Kleidung war mit Erde verschmiert und zerrissen. Der blaue Mantel war verstaubt und eine Saumleiste fehlte.

Judith hatte zerkratzte Hände und Arme, ihr Gesicht war dreckverschmiert. Sie klagte über große Schmerzen am linken Fußknöchel, der zu ihrem Glück jedoch nicht gebrochen war, sondern verstaucht.

Nachdem Judith gebadet und in frische Gewänder gekleidet worden war, sah sie wieder ein wenig besser aus. Gottlob war ihr Zustand nicht so schlimm, wie man zunächst befürchtet hatte. Während Sophia darauf achtete, dass Judith auch wirklich satt wurde, verband Ida den geschwollenen Knöchel mit Moosen und Binden. Dann nahm sie Judiths Hände und salbte die Schrammen zuerst an den Armen, dann an den Händen ein. Unbemerkt holte sie dabei den Ring aus ihrer Tunika hervor und streifte ihn wie nebenbei über Judiths rechten Zeigefinger.

Plötzlich ging ein Strahlen über Judiths sorgenvolles Gesicht und sie begann zu lachen. Es kam so überraschend, dass Sophia erschrocken den geleerten Becher fallen ließ und Ida zusammenzuckte. Judith lag auf ihrem Bett und lachte. Zunächst wussten Ida und Sophia nicht, ob sie auch lachen durften, doch war Judiths Gelächter so ansteckend, dass schließlich alle drei herzlich lachten.

Ruprecht und die anderen Knechte hatten Judith tatsächlich bei der Silberweide gefunden, wie Ida es gesagt hatte. Judith war vom Pferd gestürzt, nachdem es durchgegangen war. Ein Eichhörnchen hatte neben ihm unerwartet blitzartige Sprünge um einen Baumstamm herum gemacht und damit das Pferd erschreckt. Zunächst hatte sich Judith noch auf dem Rücken des Pferdes halten können, doch war das Gelände immer unwegsamer geworden, sodass das verängstigte Tier gestrauchelt war und Judith dabei abgeworfen hatte. Beim Sturz war sie unglücklich mit ihrem Fuß aufgekommen, und es war ihr unmöglich gewesen, ohne Hilfe zu gehen. Schließlich war sie unter die Silberweide gekrochen, die in der Nähe stand und Schatten spendete.

Viele Stunden hatte Judith dort ausgeharrt und gehofft, dass sie jemand finden würde, doch war die Nacht hereingebrochen, ohne dass sich etwas getan hatte. Judith hatte jedoch Glück im Unglück gehabt. Neben der Weide floss ein kleines Rinnsal, in das Judith ein Tüchlein tauchen konnte, um das Wasser daraus zu trinken und sich den Knöchel zu kühlen. Zudem war ihr der Mantel als Geschenk des Himmels erschienen. Der dichte Umhang hatte sie nicht nur vor der Sonne bewahrt, sondern auch Schutz in der kühlen Nacht geboten.

Bei Sonnenaufgang hatten die Vögel zu singen begonnen, bis Judith plötzlich ein klapperndes Krächzen neben sich vernommen hatte. Eine Elster hatte sich direkt neben sie auf den Boden gesetzt und sie beobachtet. Judith hatte einen entsetzlichen Schreck bekommen, denn nun war er wohl gekommen, der Tod, um sie zu holen. Doch dann war der

Vogel auf ihre Schulter gesprungen und hatte vorsichtig an ihrem Ohr gezupft. Das macht der Tod nicht, hatte sie sich gedacht und gehofft, dass es Idas Elster war, die dort saß. Judith hatte versucht, so mit der Zunge zu schnalzen, wie sie es damals bei Ida gehört hatte, und siehe da, der Vogel war auf Judiths rechte Hand gehüpft, wobei er neugierig auf ihren Ring geblickt hatte. Jetzt war sie sich sicher gewesen, dass es Agal war. Sie hatte lange überlegt, wie sie ihn dazu bringen konnte, Hilfe zu holen, bis ihr eingefallen war, Agal mit dem Ring zu Ida zu schicken. Agal, Ring und Weidenblätter waren Judiths einzige Hoffnung gewesen, um von diesem Ort gerettet zu werden. Judith hatte gehofft, dass Agal so schnell wie möglich mit seiner Beute zu Ida fliegen und diese die Zeichen verstehen würde, um Hilfe zu schicken.

Schneller als erhofft waren plötzlich Ruprecht und seine Mannen erschienen und hatten Judith auf ihr Pferd gehoben. Er hatte immer wieder vor sich hingemurmelt: »Das muss ihr der Teufel gesagt haben. Das geht nicht mit rechten Dingen zu.«

Judith hatte nicht darauf geantwortet.

Mehrere Wochen vergingen, bis Judiths Knöchel wieder verheilt war und sie wie gewohnt ihre Aufgaben im Haushalt des Gutshofes verrichten konnte. Ihr Vater hatte sich von dem schweren Fieber vollends erholt und das Zepter über die Geschicke des Hauses Moorheyde wieder selbst in die Hand genommen.

Agal war in dieser Zeit auch innerhalb der Gutshofmauern von den Bewohnern nicht nur geduldet, sondern auch akzeptiert worden. Er hatte sich sogar mit Judith angefreundet, die ihn nun wohlwollend gewähren ließ.

Zum Dank für die Rettung und die Aufbewahrung des Ringes hatte Judith Ida ein Geschenk gemacht. Es war eine fein verzierte Bronzefibel mit zwei Vogelköpfen, die einander ansahen. Ida hatte vor Freude über diesen Schatz drei Nächte nicht schlafen können, bis sie schließlich vor Erschöpfung gezwungen war, zur Ruhe zu kommen.

Eines Morgens erzählte Judith, als ihr Ida das lange Haar richtete, was es mit dem Ring auf sich hatte. Der rote Stein stammte aus dem Besitz einer vornehmen römischen Familie, die vor mehreren Jahrhunderten gelebt haben musste. Ein Silberschmied hatte den alten Stein in den verzierten Ring gesetzt, den Gottfried von Dörpen in Rom während des Kreuzzuges auf dem Weg ins Heilige Land erworben hatte. Leider war es Judith bislang nicht gelungen zu erkennen, was das Bild zeigte, das in den roten Stein eingekerbt worden war; der Zahn der Zeit hatte auf der Oberfläche seine Spuren hinterlassen.

Ida lächelte, sagte jedoch nichts. Sie hatte den Ring, als sie ihn für Judith aufbewahrt hatte, genau betrachtet. Das Bild zeigte eine fliegende Elster, die einen Ring im Schnabel hielt.

Xirra

Sieh mal, auf dem Großvaterkopf liegt der erste Schnee«, sagte Skouros.

Es war früh am Morgen und die jungen Männer waren dabei, ihre Pferde zu satteln.

»Ist mir auch schon aufgefallen. Damit macht der Berg seinem Namen alle Ehre. Ich meine, jetzt hat er auch noch schlohweißes Haar«, antwortete Japhet, der jüngere der beiden.

»Was dir manchmal durch den Kopf geht! Mir macht der frühe Wintereinbruch Sorgen. Ausgerechnet in diesem Jahr! Wir sollten längst mit den Heguren auf dem Weg ins Winterlager sein. Aber was tun wir stattdessen? Wir verlieren wertvolle Zeit, um uns mit ihnen zu versöhnen. Du wirst sehen, unser Friedensangebot müssen sie zunächst im Rat besprechen. Und das kann dauern.« Skouros zerrte verdrossen am Sattelgurt, bis sein Hengst schnaubend den Kopf hochriss. »Ich frage mich immer wieder, wieso Kheri und seine Freunde Jara, die kleine Jägerin, töteten.«

Japhet verstaute den Trinkschlauch und ein bisschen Proviant in seiner Satteltasche. Er deutete Richtung Berg. »Die da oben sind auch nicht unschuldig. Sie waren es, die mit dem Streit anfingen! Was wäre dabei gewesen, uns in den Bergen jagen zu lassen, nachdem es uns durch die Trockenheit so schlecht ging?«

»Hätten wir nach alter Sitte angefragt, dann hätten sie sicher nichts dagegen gehabt. Wir ziehen miteinander in den Süden und hierher zurück, so lange ich denken kann. Nie gab es Unstimmigkeiten. Aber Kheri ist ein selbstherrlicher Hund! Immer sucht er Streit. Doch diesmal sind er und seine Saufkumpane zu weit gegangen!«

»Glaubst du wirklich, dass sie es waren? Jaras Tod – das hätte auch ein Unfall gewesen sein können. Aber ins Lager der Heguren zu stürmen und wahllos zu morden, wer sich ihnen in den Weg stellt? Das traue ich nicht einmal Kheri zu!«

»Er war es. Prebet hat sogar mit der Tat geprahlt. Der Rat hätte ihn und seinesgleichen wohl kaum so hart bestraft, wenn ihre Schuld nicht eindeutig feststehen würde.«

»Es war ein verfluchter Sommer«, meinte Japhet, während er sich auf sein Pferd schwang. »Diese Dürre ... Ich denke auch, wenn wir die Heguren gebeten hätten, ausnahmsweise die Jagdgründe mit uns zu teilen, hätten sie vielleicht zugestimmt.«

»Zumindest gegen einen angemessenen Ausgleich.«

Die beiden Skaren ritten los, als gerade die Sonne aufging. Ihre Pferde trabten über die hügelige Steppenlandschaft. Vor ihnen erhob sich majestätisch der schneebedeckte Bergzug.

»Hoffentlich gelingt uns die diplomatische Mission«, bemerkte Skouros. *Und hoffentlich hasst mich Tabayati jetzt nicht,* dachte er voll Sorge.

»Los, bringen wir es hinter uns«, brummte sein Bruder.

Sie schnalzten mit den Peitschen und jagten im Galopp Richtung Großvaterkopf.

Nach einem strammen Ritt erreichten sie endlich den Wald auf halber Höhe des Berges.

»Hinter diesem Waldstück liegt das Dorf der Heguren«, sagte Skouros. »Lass uns absteigen!«

»Bist du verrückt? Das macht uns doch verwundbar!«

»Wenn wir wie Krieger angeritten kommen, laufen wir viel eher Gefahr, dass die Leute uns mit einem Pfeilhagel empfangen werden. Vergiss nicht, wir befinden uns auf einer Friedensmission. Aus diesem Grund tragen wir auch keine Waffen. Wir müssen uns so zurückhaltend wie möglich geben.«

Ein eisiger Windstoß blies durch die langen Haare der beiden.

»Das gefällt mir nicht«, protestierte Japhet.

»Es braucht dir nicht zu gefallen, aber so sind nun mal die Spielregeln.«

Mit seinem feinen Gehör vernahm Skouros ein Rascheln im Unterholz. Es schlich sich jemand an.

Der Krieger sprang vom Rücken seines Pferdes, widerstrebend gefolgt von seinem Bruder.

Die Zweige zweier Bäume glitten auseinander. Dazwischen erschien ein junger Mann. Seine Hand umklammerte den Knauf eines Kurzschwerts.

»Oh, du bist es, Jelias.« Skouros war erleichtert. Er kannte den Hegurenkrieger und hatte sich immer gut mit ihm verstanden. »Du brauchst dein Schwert nicht, wir sind unbewaffnet.«

Um seine Worte zu bekräftigen, streckte er beide Arme aus und zeigte die leeren Innenseiten seiner Hände. Dann drehte er sich um, damit Jelias sehen konnte, dass er auch keine Waffe auf dem Rücken trug. Japhet folgte dem Beispiel.

Die Miene des Dorfbewohners zeigte keine Regung. Wie aus Erz gegossen stand er da und musterte sie geraume Zeit. Seine goldene Brustplatte leuchtete in der Mittagssonne. Die Häuptlingssöhne warteten geduldig, bis er sich zu einer Entscheidung durchgerungen hatte. »Ich sehe, dass keine Gefahr von euch ausgeht«, verkündete er schließlich. »Ich kenne dich, Skouros, als Freund aus besseren Tagen. Gib mir dein Wort, dass du in Frieden kommst.«

»Das schwöre ich bei meiner Ehre!« Skouros legte zur Bekräftigung die Faust an sein Herz und senkte den Kopf.

»Gut. Ich werde euch zu Häuptling Timur führen. Bitte geht voraus.«

Die beiden taten, wie von ihnen verlangt. Ihre Pferde trotteten am langen Zügel hinter ihnen her. Am Dorfrand banden sie die Tiere fest. Während des Aufstiegs sprachen die drei jungen Männer kein Wort. Japhet sah sich immer wieder nach allen Seiten um, als erwarte er, aus dem Hinterhalt überfallen zu werden. Skouros dachte nur an die bevorstehende Unterredung mit dem Häuptling.

Sie durchquerten eine Ansammlung von Jurten und erreichten ein großes Feuer im Zentrum. Hier wärmten sich ein paar angeregt debattierende Männer.

Jelias raunte Skouros »Viel Glück!« ins Ohr und zog sich zurück.

»Ah! Hoher Besuch«, höhnte der Häuptling, als er die beiden erkannte. »Der Anführer der Skaren schickt uns seine Söhne. Ich könnte nicht behaupten, dass mich das freut.«

Ein anderer spuckte ihnen voll Hass vor die Füße. »Ihr *wagt* es, hierher zu kommen?«, fauchte er sie an. »Euresgleichen haben das Leben meiner geliebten Tochter Jara auf dem Gewissen. Sie hat keinem von euch etwas getan!«

Skouros senkte verlegen den Blick. Schon fürchtete er, die Verhandlungen seien gescheitert, bevor sie überhaupt begonnen hatten, als ihnen der Dorfälteste unerwartet zu Hilfe kam.

»Timur«, sagte er zum Häuptling. »Der Anführer der Skaren schickt uns seine Söhne – unbewaffnet, wie du sehen kannst. Du weißt, was es bedeutet, wenn er dir seine beiden Nachfolger schickt. Er tut das aus gutem Grund. Hör dir die Botschaft an!«

»Was haben uns Vertreter eines Clans von Mördern schon Wichtiges mitzuteilen?«, widersprach Jaras Vater.

Ein strenger Blick des Ältesten brachte ihn zum Schweigen. »Nun?«, wandte er sich an Skouros.

»Ich … wir kommen mit einer Friedensbotschaft des Häuptlings der Skaren. Er bedauert zutiefst, was zwischen unseren Stämmen vorgefallen ist, und drückt den Hinterbliebenen der Opfer sein tiefstes Mitgefühl aus. Er lässt euch mitteilen, dass er die Verantwortlichen für die Vorfälle mit der Höchststrafe belegt hat: Der Rat hat sie aus dem Stamm verstoßen.«

Die Zuhörer wurden unruhig. Eine Verbannung vor dem Winter kam einem Todesurteil gleich. Erst als der Häuptling die Hand hob, wurde es still.

Japhet übernahm das Wort. »Unser Vater bittet um Frieden. Er erinnert euch an die vielen Jahre, in denen wir gemeinsam ins Winterlager und zurück gezogen sind. Ihr habt eure Vorräte mit uns geteilt, wir haben euch Pferde gegeben, damit wir alle gut vorankamen. Wir haben uns gegenseitig geschützt und einander geholfen. Die Clans haben sich durch Heirat vermischt, wir sind daher eng miteinander verbunden. Der Winter naht. Wir sollten umgehend aufbrechen. Wir Skaren wären längst unterwegs, doch wegen der Dürre brauchen wir eure Unterstützung mehr denn je. Und euer Stamm ist klein. Ohne unsere Pferde schafft ihr es nicht ins Winterlager.«

Bestätigendes Murmeln machte die Runde. Es wuchs zu lautstarken Diskussionen an.

»Wir bringen Geschenke als Wiedergutmachung für die Familien der Opfer«, rief Skouros in den Tumult hinein.

»Pah! Strafen, Geschenke … Als ob das meine Tochter wieder lebendig machen würde«, schimpfte Jaras Vater voll Verbitterung.

Der Stammesälteste schaute ihn mitleidig an. »Glaube mir, niemand kann deinen Schmerz so gut nachempfinden wie ich«, sagte er milde. »Im Jahr der Seuche – damals warst du noch ein Säugling – verlor ich meine Gefährtin und all meine Kinder. Böse Geister schickten uns diese Plage. Hätte der Schamane sie nicht vertrieben, hätten sie den ganzen Stamm dahingerafft. Ich bin sicher, dieses Jahr waren sie wieder am Werk. Mit der Dürre im Tal machten sie die Menschen dort für ihre schlimmen Eingebungen empfänglich. Nicht die Skaren, sondern Dämonen sind an unserer Zwietracht schuld. Sie weiden sich an den Toten auf *beiden* Seiten.«

»Dämonen?« Jaras Vater wurde nachdenklich. »Vielleicht hast du recht. Aber du bist nicht der Schamane. Nur er kann darüber befinden.«

Der Älteste nickte zustimmend.

»Tolui!«, rief Timur in die Richtung seines Zelts. »Bring mir Toras!«

Ein junger Mann kam angerannt. »Tut mir leid, Vater. Ich habe meinen Lehrmeister schon seit Tagen nicht gesehen. Er ging, um Kräuter zu sammeln, ist aber seither nicht zurückgekehrt.«

»Seit Tagen sagst du? Beunruhigt dich das nicht?«

»Nein. Es passiert oft, dass er Stimmen von Geistern hört. Entweder von bösen, denen er sich stellt, oder von guten, deren Ratschläge er benötigt. Diese Begegnungen kosten ihn viel Zeit, bevor er sich wieder seinen ursprünglichen Angelegenheiten widmen kann.«

»Was jetzt? Wir brauchen dringend seinen Beistand. Hast du eine Ahnung, wo wir ihn finden könnten?«

Tolui rieb sich nachdenklich am Kinn. »Eine Ahnung schon … Er könnte zum Steinkreis gegangen sein.«

Er schaute seinen Vater entschlossen an. »Ich werde nach ihm suchen!«

»Das ist viel zu gefährlich«, meldete sich Skouros zu Wort. »Wir wissen nicht, ob sich die Ausgestoßenen unseres Stammes in der Gegend herumtreiben, für deren Rachedurst ein einzelner Hegure leichte Beute wäre. Auch loyalen Angehörigen unseres Stammes kann man nicht trauen, solange kein einvernehmlicher Frieden herrscht. Zumindest diese könnte ich zur Vernunft bringen. Lass meinen Bruder und mich mit dir gehen.«

Tolui legte seinen Kopf abwägend zur Seite. »Ich könnte vielleicht tatsächlich Hilfe gebrauchen. In der Nähe des Kreises gibt es eine Bärenhöhle.«

»So sei es!«, entschied der Häuptling. »Gebt den dreien etwas zu essen, bevor sie aufbrechen, und versorgt Skouros und Japhet mit Waffen. Weiterhin ordne ich einen Waffenstillstand an. Außer in Notwehr soll kein Hegure einen Skaren angreifen, bis der Schamane gesprochen hat.«

Nach einer bescheidenen Mahlzeit wurden den Häuptlingssöhnen Schwerter gebracht. Als sie endlich losziehen konnten, atmeten die drei jungen Männer erleichtert auf.

»Tolui! Warte!«, rief ihnen Saymana, die Frau des Häuptlings, zu. Aufgeregt kam sie den Weg heruntergerannt.

»Mutter, wir können nicht länger bleiben …«

Noch völlig außer Atem erwiderte sie: »Ich halte euch nicht auf. Ich wollte euch nur bitten, unterwegs auch nach Tabayati und Siri Ausschau zu halten. Sie sind heute Morgen auf die Jagd gegangen. Ich hatte es zwar gestern Abend verboten, aber du kennst ja deine Schwester: Sie lässt sich nichts mehr vorschreiben, seit sie …« Sie brach mit einem Seitenblick auf Skouros und Japhet ab. Hastig fuhr sie fort: »Wenn die Ausgestoßenen wirklich auf den Berg kommen, dann habe ich Angst um die Mädchen.«

Skouros wurde blass. Er hatte sich während der Versammlung vergeblich nach der Häuptlingstochter umgesehen. Sie vielleicht auf dem Weg zum Steinkreis außerhalb des Ortes zu treffen, ließ sein Herz höher schlagen. Gleichzeitig machte er sich Sorgen, Kheri und seine Freunde könnten ihr etwas antun. Auch wenn sich die junge Kriegerin gut verteidigen konnte, war sie gegen einen Überfall aus dem Hinterhalt machtlos.

*

Tabayati und ihre Freundin Siri saßen am Ufer auf einem kleinen Felsen und ließen die nackten Füße ins Wasser baumeln. Sie waren seit dem Morgengrauen auf der Jagd. Neben ihnen lagen zwei fette

Hasen und ein junges Reh. Die Sonne hatte inzwischen die dünne Schneedecke weggeleckt. Es war warm und die Welt wirkte friedlich. Dennoch waren die Mädchen angespannt. Ihre Blicke waren auf den gegenüberliegenden Waldrand gerichtet, alle Sinne waren wach.

»Lass uns hinunter ins Dorf gehen, Yati. Ich fühle mich nicht wohl. Außerdem sollten wir bald die Jagdbeute häuten und ausnehmen. Meine Mutter wird schimpfen.«

»Ach was! Ich habe außer dem Bogen auch mein Kurzschwert mitgenommen. Sollen sie doch kommen, die feigen Kerle. Ich bin Kriegerin, höchste Zeit, mich endlich mal zu beweisen.«

Siris Augen suchten zum wiederholten Mal den Waldrand ab.

Yati deutete nach oben. »Sie könnten genauso gut mit dem Bogen zwischen diesen beiden Felsen hindurchschießen. Dann kannst du gar nichts machen.«

»Hör auf, mir Angst einzujagen, Yati! Ist es dir denn egal, was mit Jara passiert ist?«

»Nein, natürlich nicht.« Leise fügte das Mädchen hinzu: »Meine Mutter und ich haben gestern ein Rauchopfer für sie gebracht.«

Siri gab einen erstickten Laut von sich. Dann begann sie, zu weinen. »Ich verstehe das nicht! Unsere Stämme haben doch immer friedlich nebeneinander gelebt. Warum sind wir plötzlich Feinde? Ich habe die Gesichter der Krieger gesehen, als sie mit ihren blutigen Schwertern aus Leras Jurte gekommen sind. Sie waren verzerrt vor Hass! Warum hassen sie uns, Yati? Warum?«

Tabayati zog ihre Freundin zu sich und umarmte sie fest. »Sie sind nicht alle so. Du kennst doch auch viele Skaren. Denkst du, die hassen dich mit einem Mal – ganz ohne Grund? Das kann ich nicht glauben. Womöglich hängt es mit der Dürre zusammen. Die Steppe wirkt von hier oben völlig ausgetrocknet. Vielleicht sind ihre Tiere verdurstet oder finden kein Futter. Ich sehe auch den kleinen Fluss nicht, der sich sonst durch das Tal schlängelt. Er scheint kein Wasser mehr zu führen.« Sie streichelte Siris Rücken, bis diese sich einigermaßen beruhigt hatte.

»Anscheinend hat es harmlos angefangen«, sagte sie. »Mein Bruder erzählte mir, eine Gruppe unserer Jäger hätte ein paar junge Skaren vom Berg vertrieben, um sie an der Jagd in unserem Revier zu hindern. Einige Tage später kamen wieder welche herauf und trafen auf Jara, die alleine unterwegs war. Den Rest kennst du.«

»Mein Vater war dabei, als Jara gefunden wurde.« Siri schniefte ein paarmal, dann riss sie sich zusammen. »Er hat die Spuren untersucht. Anscheinend kletterten die Skaren über die Klamm in der Nähe der Geisterhöhle hoch. Vater verfolgte die Stiefelabdrücke bis zu der Stelle, an denen sie ein paar Tage zuvor auf die Jäger getroffen sind. Es war die gleiche Gruppe. Vier Männer, der Tiefe der Abdrücke nach zu schließen.«

Tabayati stieß einen Seufzer aus, dann schob sie ihre Freundin auf Armlänge von sich und strahlte sie an. »Das ist eine gute Nachricht! Da siehst du es, nicht alle Skaren hassen uns. Skouros ist sicher keiner von ihnen.«

»Aber beim nächtlichen Überfall auf das Dorf waren es mindestens zehn.«

»Vermutlich aufgestachelt von den vieren. Und Skouros war nicht dabei, da bin ich mir sicher.«

Siri sah prüfend zu ihr auf. Sie legte schelmisch den Kopf schief: »Was hast du denn plötzlich mit Skouros? Das ist der ältere Häuptlingssohn, oder? Der Hübsche mit der rauchigen Stimme. Und ... der Warze auf der Nase! Auaa!« Sie rieb sich den Oberarm. Yati hatte ihr einen Knuff verpasst.

Die Mädchen lachten.

Tabayati wurde ernst und lief rot an. Sie drehte sich wieder Richtung See und steckte die Beine erneut ins Wasser. Siri wartete. Doch die junge Kriegerin presste nur wütend die Lippen aufeinander.

Siri stand auf und ging ein Stück in die Wiese hinein.

Als sie zurückkehrte, brachte sie eine Handvoll Moosbeeren mit. Sie hielt sie Yati hin, doch als diese zugreifen wollte, zog sie die Hand schnell weg: »Erst wenn du mir alles erzählst.«

»Es gibt nichts zu erzählen.«

»Ich glaube dir kein Wort!«

Tabayati seufzte. »Nein, es gibt nichts zu erzählen. Es ist nur so, dass ich beim letzten Akurifest mein Jungfrauenmedaillon bekommen habe. Vorher hatte ich nie darüber nachgedacht, wem ich es geben könnte. Doch in der Nacht nach dem Fest schickte mir der Traumgott einen Vogel. Ich flog mit ihm und sah unter mir eine große Menschengruppe reiten. Ihr Schmuck und ihre goldenen Helme leuchteten in der Sonne. Plötzlich schaute ein Mann zu mir hoch ... Dann bin ich aufgewacht.« Sie nahm einige Beeren aus Siris Hand und steckte sie in den Mund. »Tagelang habe ich gegrübelt, wer das gewesen sein konnte. Da fiel mir Skouros ein. Wir waren im Frühjahr einmal zusammen bei einer Jagdgruppe. Er lobte mich, als mein Pfeil ein Wildrind traf, bevor er auch nur den Bogen gespannt hatte. Danach ist er öfter neben mir geritten und wir haben miteinander gesprochen. Es gefiel mir, dass er mich nicht wie ein Kind behandelte, sondern als Jägerin und Kriegerin anerkannte.«

Sie wurde wieder rot. »Seit meinem Traum muss ich ständig an ihn denken. In diesem Sommer bin ich zur Frau gereift und kann mir einen Mann aussuchen. Ich hatte mich so darauf gefreut, Skouros wiederzusehen. Ich hatte mir überlegt, wie ich ihn prüfen könnte und all das. Er sollte sich mein Medaillon hart verdienen müssen. Jetzt bin ich wütend, weil diese eiskalten Mörder Zwietracht zwischen unsere Stämme gesät haben. Vielleicht werden wir nie mehr zusammen von Lager zu Lager ziehen!«

Nun war es an Siri, ihre Freundin zu umarmen. Stumm saßen die Mädchen eine Weile nebeneinander.

Auf einmal flüsterte Siri: »Darf ich es sehen?«

»Siri!«

»Ich weiß – aber ich habe noch nie eines gesehen. Ich zeige dir auch meines, wenn ich so weit bin.«

»Siri!«

»Bitte!«

Tabayati seufzte. Sie streifte die Kette über den Kopf und zog das Amulett aus dem Ausschnitt. Die goldene Plakette blitzte im Sonnenlicht. Widerstrebend hielt Yati der Freundin das Schmuckstück hin.

Doch Siri bekam es nicht zu fassen. Wie ein Pfeil schoss eine große Elster zwischen ihnen hindurch, schnappte das Medaillon und flog damit auf einen Baum.

Die Mädchen schrien auf. Sie griffen nach ihren Bögen und rannten zu der Bergzeder, wo die Elster auf einem der unteren Äste saß und laut schäckerte.

Tabayati zog langsam einen Pfeil aus dem Köcher und legte ihn auf den Bogen. Sie spannte die Sehne …

»Halt, Yati!« Siri fiel ihr in den Arm. »Das könnte Toras Elster Xirra sein!«

Die Kriegerin senkte den Bogen. »Meinst du? Ich weiß es nicht. Jedenfalls hat sie mein Jungfrauenamulett und das möchte ich zurückhaben!«

Sie legte erneut auf den Vogel an.

»Nein!« Wieder drückte Siri den Pfeil nach unten. »Ist es nicht seltsam, dass sie nicht wegfliegt und ihre Beute in Sicherheit bringt?«

»Das ist nicht ›seltsam‹! Sie verspottet mich.«

Wie zur Antwort flog die Elster auf und flatterte zum nächsten Baum. Dort harrte sie aus, bis die jungen Frauen nachgekommen waren. Sie saß auf einem der niederen Zweige, sodass es Yati gelang, hochzuspringen und das Ende der Kette zu berühren. Die junge Kriegerin schimpfte laut, als der Vogel krächzte und mit der Beute ein paar Äste weiter segelte.

»Ich glaube, sie will uns führen!« Siri klang aufgeregt.

Yati hörte sie nicht. Sie war außer sich wegen ihres Amuletts.

»Ta-ba-ya-ti! Hör mir zu!« Siri hielt die Freundin fest, als sie erneut hinter dem Tier herrannte. »Das ist kein normaler Vogel, merkst du das denn nicht?«

Die Elster flog noch ein Stück und wartete auf die beiden.

Endlich begriff auch Tabayati, dass es Toras' zahme Elster war, die ihr den Streich gespielt hatte. Der Schamane hatte den jungen Vogel im Frühsommer verletzt aufgefunden und gesund gepflegt. Seitdem verließ dieser ihn nur zur Futtersuche.

»Sie führt uns den Bergrücken hinauf. Könnte es sein, dass Toras dort oben etwas zugestoßen ist?«, mutmaßte Yati. »Vielleicht braucht er unsere Hilfe! Komm schnell!«

Als Xirra merkte, dass Tabayati und Siri sie endlich verstanden hatten, flog sie zügig voran. Bald erreichten sie den Waldrand und mussten über einige Felsblöcke klettern.

»Die Geisterhöhle«, keuchte Siri. »Dort drüben, hinter dem Felsen mit der Mooshaube liegt die Geisterhöhle.«

Verunsichert blieben die Mädchen stehen. Hatte man ihnen nicht seit frühester Kindheit verboten, auch nur in die Nähe der Höhle zu gehen? Die Elster hüpfte auf dem Grat des Moosfelsens entlang und ließ aufgeregtes Schäckern hören. Sie wollte die Mädchen weiterlocken. Aber die beiden standen da wie angewurzelt und hielten sich an den Händen wie kleine Kinder. Als sie jedoch das leise Stöhnen eines Mannes vernahmen, überwanden sie ihre Angst. Tabayati bedeutete der Freundin, zu warten, und kletterte hinauf.

Sie schaute vom Felsgrat auf die andere Seite hinunter. Der Anblick ließ ihr den Atem stocken. Vor einem schmalen Höhleneingang lag Toras auf dem Rücken. In seiner Schulter steckte ein Skarenpfeil.

Sie geben keine Ruhe, dachte sie bitter. *Ausgerechnet den Schamanen eines Stammes anzugreifen ... Der Zorn der Götter soll sie treffen!*

Yati bedeutete der Freundin, noch zu bleiben, wo sie war, und beobachtete minutenlang die Umgebung. Erst als sie sicher sein konnte, dass Toras alleine war, winkte sie ihr und stieg selbst auf der anderen Seite des Felsens hinunter.

»Toras! Toras, hörst du mich?« Das Mädchen kniete sich neben den Leblosen hin. Die Lider des Verletzten zuckten, doch sie öffneten sich nicht. Sie hörte ihn stoßweise atmen. Als sie behutsam ihre

Hand auf seinen Brustkorb legte, spürte sie seinen flatternden Herzschlag.

Hinter ihr kam Siri leise auf, sie war vom Felsen gesprungen.

»Er lebt«, sagte Yati zu ihr. »Fieber scheint er auch keines zu haben«, ergänzte sie, nachdem sie seine Stirn berührt hatte.

»Kannst du ihn vorsichtig anheben?«, fragte Siri und kniete sich neben seine verletzte Schulter. »Ich will sehen, wie tief der Pfeil in ihm steckt.«

Mit den richtigen Griffen gelang es Yati, Toras hochzuziehen. Der Schamane stöhnte, kam aber nicht zu sich.

»Ah! Gut!«, flüsterte Siri. »Ein Durchschuss. Deshalb hat er auch nicht so viel Blut verloren.«

»Kannst du ihm helfen?« Tabayati legte den Verwundeten vorsichtig wieder hin.

Siri zog einen Lederbeutel vom Gürtel und öffnete ihn. »Ich habe blutstillendes Moos dabei, aber nicht die Menge, die ich bräuchte. Hier ist ein bisschen Schafgarbe zur Wundreinigung, aber wir müssten einen Sud daraus kochen.«

Sie hockte sich auf die Fersen und dachte nach. »Wir sollten versuchen, ihn hinunter ins Dorf zu schaffen. Aber zuvor ist es nötig, den Pfeil herauszuziehen.«

Siri hatte ihrer Tante bereits als Kind geholfen, wenn diese Kranke und Verletzte geheilt hatte. Auf den Zügen ins Winterlager und zurück waren die beiden Stämme schon öfter angegriffen worden. Sie wusste also, was zu tun war, hatte es aber noch nie alleine gemacht.

»Mmmle«, Toras versuchte, zu sprechen.

»Bleib ruhig, nicht sprechen!« Siri legte ihm ihre kühle Hand auf die Stirn.

»Höhle!«, brachte der Schamane heraus.

Die beiden Mädchen wechselten einen Blick.

»Das ist die Geisterhöhle. Du willst doch nicht, dass wir dich hineinbringen?« Tabayati sprang empört auf. »Ohne mich! Dort hinein bringen mich keine zehn Pferde!«

»Alles … da … Siri!«

»Aber …«

Toras riss die Augen auf und stöhnte erneut.

»Also gut, weil du es sagst, gehe ich.« Obwohl das Mädchen Angst hatte, vertraute es dem Schamanen. Wenn er wollte, dass es die Geisterhöhle betrat, konnte das nicht falsch sein.

»Siri, bleib da!« Tabayati versuchte, ihre Freundin zurückzuhalten, doch diese riss sich los.

»Du solltest lieber ein Auge auf die Klamm haben, Yati. Gerade jetzt möchte ich nicht von einer Horde Skaren angegriffen werden.«

Die Kriegerin zuckte zusammen. Siri hatte recht. Es kam darauf an, den Schamanen zu retten und für die Sicherheit aller zu sorgen. Das eine war Siris und das andere ihre Aufgabe. Sie straffte die Schultern und nahm ihren Bogen vom Rücken.

Die Klamm war ganz in der Nähe. Im Frühjahr schoss hier das Schmelzwasser hinab ins Tal. Sie hatte nicht gewusst, dass die steile Schlucht geeignet war, um vom Tal heraufzuklettern. Als sie darauf zuging, entdeckte sie die Elster, die auf einer dürren, verkrüppelten Kiefer balancierte.

»He, du!«, rief sie leise. »Wo hast du mein Amulett hingebracht?« Sie schaute sich um, doch sie konnte es nirgends entdecken.

Der Vogel gab einige gurrende Laute von sich. »Ist dir eigentlich klar, was du mir antust? Ich werde kein zweites Medaillon bekommen. Also werde ich ... nicht heiraten können.« Als ihr das bewusst wurde, schluckte sie ein paarmal.

Ich bin selbst schuld, dass die Elster es mir gestohlen hat, dachte sie kleinlaut. *Ich habe nicht gut auf mein Akurigeschenk aufgepasst.* »Ich kann dich immer noch abschießen, hörst du?«, knurrte sie böse. Sie lief weiter, um die Klamm zu überprüfen.

Siri näherte sich vorsichtig dem Höhleneingang, der kaum mehr als ein Durchschlupf war. Leise Geräusche drangen heraus. Ängstlich setzte das Mädchen einen Schritt vor den anderen. Als sie sich vorbeugte, konnte sie in die Höhle hineinsehen.

Die Geräusche kamen von einer Feuerstelle. Das Holz war zwar fast heruntergebrannt, doch über ihm hing ein eiserner Kessel, in dem eine Flüssigkeit blubberte. Nichts in der Höhle deutete auf Geister hin. Im Gegenteil. Viele Gegenstände waren sogar geeignet, Geister zu vertreiben: Netze mit eingeflochtenen Knochen und Federn, ein Totenkopf gekrönt von einem Kranz aus Adlerfedern.

Endlich traute sich Siri, ganz hineinzugehen. Staunend sah sie sich um. Es war tatsächlich alles da, was sie benötigte. Dicke Kräuterbüschel hingen an Gestellen und verbreiteten ihren würzigen Geruch. In einer Ecke entdeckte sie sogar eine kleine Wasserstelle.

Sofort machte sie sich ans Werk. Sie legte Holz nach, leerte den Kessel und säuberte ihn. Während das Wasser sich erwärmte, suchte sie die Kräuter zusammen, die sie brauchte. Dann ging sie hinaus, um nach dem Schamanen zu sehen.

Er war wach und nickte ihr zu, als sie auf ihn zukam.

»Ich habe alles gefunden«, sagte sie zu ihm. »Wir werden zunächst den Pfeil herausziehen. Soll ich dir einen Fayastee kochen gegen die Schmerzen?«

Toras schüttelte den Kopf. »Götter ... geben Schmerz«, stieß er zwischen den Zähnen hervor.

»Wie du meinst. Dann hole ich jetzt Tabayati.«

Auf dem Weg zur Klamm entdeckte sie in einer Nische neben dem Höhleneingang Yatis Amulett. Auf dem Felsabsatz darüber saß die Elster und krächzte leise.

»Alles wird gut, Xirra«, murmelte Siri.

Yati saß auf einem Stein im ausgewaschenen Bachbett oberhalb der Schlucht.

»Hast du geweint?«, fragte Siri.

»Nein, natürlich nicht!«, protestierte die junge Kriegerin. »Aber ich bin wütend auf diesen Vogel!«

»Komm mit, ich brauche dich jetzt.« Siri war angespannt und hatte keinen Sinn für Yatis Sorgen. Sie hatte große Angst, dass etwas schiefging. »Hör mir zu. Als Erstes müssen wir den Pfeil ein Stück in den Körper drücken, damit wir ihn hinten am

Rücken gut anfassen können. Dann schneidest du mit deinem scharfen Messer den Pfeil knapp über der Brust ab. Traust du dir das zu?«

Tabayati nickte mit blassem Gesicht.

Siri berührte sie kurz am Arm und sagte: »Wir schaffen das!« Als sich ihre Blicke kreuzten, fügte sie an: »Ich habe übrigens dein Amulett in einer Felsnische liegen sehen.«

»Wirklich?« Yati stieß einen erleichterten Seufzer aus.

»Und denk' mal darüber nach, wieso du in der Akurinacht ausgerechnet von einem Vogel geträumt hast. Vielleicht bist du ja mit einer Elster geflogen?«

Als sie bei Toras ankamen, war dieser erneut ohne Bewusstsein. Siri holte eilig alles aus der Höhle, was sie brauchte. Schweigend machten sie sich ans Werk. Wie bei der Jagd waren sie gut aufeinander eingespielt. Ein Blick der einen oder ein Zungenschnalzen der anderen genügte, um zu wissen, was als Nächstes getan werden musste.

Endlich war es geschafft, und Toras lag gut eingepackt auf einer Matte aus Zedernzweigen. Erschöpft setzten sich die Mädchen an den Felsen.

Da schreckte Tabayati hoch: »Das Amulett! Zeig mir, wo es liegt!«

Doch als Siri zu der Felsnische ging, um es zu holen, war es verschwunden. Xirra war nirgendwo zu sehen.

*

Tolui schaute besorgt auf den Bergpfad. Der Weg war schneefrei, aber das Schmelzwasser machte ihn glitschig und gefährlich. Er blieb abrupt stehen.

»Was ist?«, fragte Skouros.

Der Hegure rieb sich das Kinn. »Ich fürchte, wir kommen hier nicht weiter. Der Pfad verjüngt sich dort oben zu einem schmalen Grat. Schon im Hochsommer riskiert man bei einem Fehltritt den Absturz. Ich werde euch nicht unnötig dieser Gefahr aussetzen.«

»Wenn der Weg so schwierig ist, wie du sagst, kann ihn dann ein alter Mann wie Toras überhaupt gegangen sein?«, fragte Skouros.

Tolui schaute ihn schräg an. »Erstens ist mein Mentor so alt auch wieder nicht, und zweitens kennt er das Gelände hier besser als irgendjemand sonst. Er würde sich selbst mit verbundenen Augen zurechtfinden. Außerdem war es noch trocken, als er loszog.«

Er runzelte nachdenklich die Stirn. »Doch jetzt kommt er von dort oben genauso wenig herunter, wie wir hinauf. Es hilft aber nichts, wir müssen umkehren.«

»Prima«, erwiderte Skouros bitter. »Damit nimmt der Krieg also seinen Lauf. Wir können weitergehen, abstürzen und uns das Genick brechen. Dafür wird dann jede Seite der anderen die Schuld geben. Wir können natürlich auch gleich unverrichteter Dinge zurückgehen. Und was wird aus Toras? Willst du ihn einfach dem Schicksal überlassen?«

Tolui zuckte resigniert mit den Schultern, drehte sich wortlos um und marschierte los. Widerwillig folgten ihm die beiden Brüder.

»Mir wird schon was einfallen«, sagte er besänftigend.

Er wechselte abrupt das Thema. »Ich kann immer noch kaum begreifen, was in die Männer gefahren ist, die uns angegriffen haben. So kenne ich die Skaren gar nicht.«

Skouros wiederholte, was er bereits den Alten am Feuer gesagt hatte.

Tolui war überrascht. »Verstoßen … Musste das sein? Natürlich wird das die Gemüter bei uns besänftigen, aber das … Jedenfalls dürfte es alle Zweifel aus dem Weg räumen, wie bedeutend eurem Vater ein friedliches Miteinander der beiden Stämme ist.«

Schweigend ging er weiter, bis er zu einer unscheinbaren Stelle kam.

Er blieb stehen. *Ich bin im Begriff, Außenstehenden ein Stammesgeheimnis zu verraten und damit ein Gesetz zu brechen,* dachte Tolui zerknirscht. *Wenn ich es jedoch nicht tue, haben wir Krieg, was noch viel schlimmer wäre.*

Er schaute die Brüder ernst an.

»Gerade uns drei verbindet eine langjährige Freundschaft, und wie es aussieht, hat sich daran auch nichts geändert. Doch erst nach eurem Bericht bin ich mir sicher, dass ich das Richtige tue. Es gibt da nämlich noch eine Möglichkeit«, teilte Tolui den beiden Skaren zögerlich mit.

»Ich bitte euch nur, über das, was ihr jetzt zu sehen bekommt, Stillschweigen zu bewahren. Eigentlich dürfte ich es euch nicht zeigen, aber ich habe wohl keine andere Wahl«, sagte er ernst.

Skouros legte die Faust an sein Herz.

Bevor er sprechen konnte, kam ihm der Hegure zuvor. »Ein Schwur besteht aus starken Worten. Sie sind so mächtig, dass sie die Geister der Berge anziehen können. Lass das lieber bleiben. Euer Wort bei eurer Ehre und als ... Freunde genügt mir.«

Wie aus einem Mund antworteten die beiden Skaren: »Unser Wort bei unserer Ehre.«

»Nun gut. Dann wollen wir mal.«

Er bog die dichten Zweige einer alten Fichte zur Seite und legte den Zugang zu einer Höhle frei. Sie gingen hinein. Nur wenig Licht drang nach innen, nachdem die Äste zurückgeschnellt waren.

»Bleibt hier, ich bin gleich wieder da.« Tolui fand mit traumwandlerischer Sicherheit die Nische, in der Fackeln, Feuersteine und Zunder versteckt waren.

Kurz darauf kam er mit Licht zurück. »Diese Höhle ist bei Gefahr der letzte Zufluchtsort unseres Stammes. Niemand darf etwas von ihr wissen, geschweige denn sie betreten«, erklärte er schuldbewusst. »Aber die Umstände ...«

»Und jetzt verstecken wir uns hier, bis der Krieg vorbei ist?«, fragte Japhet mit spöttischem Unterton.

»Wart's ab.«

Dicht gefolgt von den ungläubig dreinschauenden Skaren machte er sich weiter auf den Weg in die Höhle hinein. Nach zwei Biegungen kamen sie vor einer breiten, glatten Wand zum Stehen. Sie waren in einer Sackgasse.

Nun war es an Skouros, zu spötteln. »Aha. Wir vergraben uns also einfach etwas tiefer in der Höhle, um das Problem auszusitzen.«

»Wenn ihr mir nicht vertraut, könnt ihr ja umkehren!« Toluis Stimme klang gereizt. »Ich selbst habe diesen geheimen Durchgang kürzlich entdeckt und hätte ihn so gerne Toras als Erstem gezeigt. Stattdessen bin ich im Begriff, ihn zwei Barbaren zu enthüllen, die nicht einmal … ach was!«

Tolui lehnte sich an die Wand, sie gab mit lautem Knirschen nach.

»Wenn wir diesen Gang weiter verfolgen, kommen wir innerhalb des Kreises direkt an einem der Steine heraus.«

Skouros pfiff beeindruckt durch die Zähne.

»Könntest du das bitte unterlassen!«, schalt ihn Tolui. »Damit rufst du die Berggeister fast genauso auf den Plan wie mit einem Schwur. Also ehrlich! Ihr wolltet mitkommen, um mich zu beschützen, aber in Wirklichkeit ist es gerade andersherum. Wenn ich nicht ständig auf euch aufpasse. Tss, tss.«

Von einem Augenblick zum anderen wich der vorwurfsvolle Blick einem versöhnlichen Lächeln. »Genau genommen brauche ich hier oben niemanden zu meinem Schutz. Ich nahm euch nur mit, um euch eine ungemütliche Zeit im Dorf zu ersparen. Außerdem ist es für den Frieden hilfreich, wenn Heguren und Skaren eine Aufgabe gemeinsam lösen. Glaubt mir, ich halte nichts vom Streit zwischen unseren Stämmen, bloß weil es vereinzelt Leute gibt, denen unser harmonisches Zusammenleben nichts bedeutet.«

Der Hegure streckte die Hand aus, die beiden Skaren schlugen ein.

Die drei machten sich an den langen Aufstieg. Es ging viele steile Stufen hinauf. Um sich die Zeit zu vertreiben, sprachen sie über die Dürre in der Steppe und die schrecklichen Überfälle der vergangenen Wochen. Ab und zu ließ Tolui ein paar Informationen über seine Schwester einfließen, weil er insgeheim hoffte, Tabayati würde Skouros etwas mehr bedeuten. Skouros konnte ja nicht wissen, dass Yati diesen Sommer ihr Akurifest gefeiert hatte.

Als er mit seinen Ausführungen am Ende war, fragte Japhet in die sich ausbreitende Stille: »Ich wüsste gerne etwas über den Steinkreis. Was hat es damit auf sich?«

Der junge Schamane antwortete ausweichend: »Mein Stamm hat vor vielen Jahren begonnen, in jedem Sommer, den wir hier verbringen, einen übermannshohen Stein zu hauen und aufzustellen. So ehren wir die Götter und …«

Die Stufen endeten abrupt. Tolui schob einen Felsen beiseite und legte einen Ausgang frei. Das Sonnenlicht, das durch die Öffnung hereindrang, blendete so sehr, dass sie sich für einen Moment die Augen zuhalten mussten. Als sie sich an die Helligkeit gewöhnt hatten, hielten die jungen Skaren staunend inne. Vor ihnen erstreckte sich ein Hochplateau, auf dem in einem Durchmesser von gut zweihundert Schritten unzählige Steine standen. Jeder von ihnen war etwa zweimal so hoch wie ein Mensch. Bei näherem Hinsehen entdeckten sie Symbole und Bilder auf den Säulen. An einer der Stelen war bis vor Kurzem gearbeitet worden.

»Das ist unglaublich!«, rief Skouros aus. »Wieso habt ihr nie davon erzählt? Als du vorhin im Dorf angekündigt hast, dass wir zum Steinkreis gehen, hatte ich mir nichts dabei gedacht.«

»Wir werden auch jetzt nicht darüber sprechen. Es ist unsere Sache, wie wir die Götter ehren.«

Skouros glaubte, Verärgerung aus Toluis Stimme herauszuhören.

»Es ist dir nicht recht, dass wir hier sind «, mutmaßte er.

»Nein. Das heißt, ich erklärte mich ja sogar bereit, euch hierher mitzunehmen. Und eure Gegenwart ist mir nach wie vor willkommen. Es ist nur – mir war nicht bewusst, dass ich Außenstehende in unser bedeutendstes Heiligtum führe. Ich meine, es wäre einfach gut, wenn ihr das für euch …«

»Du kannst uns vertrauen … Bruder.« Skouros legte dem jungen Schamanen beruhigend die Hand auf den Arm. »Ich verspreche, auch in Japhets Namen, dass wir schweigen werden. Danke, dass wir das hier sehen durften. Diesen Anblick werde ich niemals wieder vergessen.« Tief beeindruckt umrundete er einige der Säulen.

Tolui rollte unbehaglich mit den Schultern. Sein Lehrer war nicht im Steinkreis.

Also habe ich die beiden Häuptlingssöhne völlig umsonst in die größten Geheimnisse meines Stammes eingeweiht, dachte er zerknirscht. *Sie sind Ehrenmänner, ihrem Wort kann ich vertrauen. Trotzdem …*

Ob sich der Schamane vielleicht im Schatten einer der Stelen verbarg? »Toras?«, rief er ohne viel Hoffnung. »Toras, bist du hier?«

»Kommt jetzt«, rief Japhet. Seine Stimme klang ungeduldig. »Wir sollten nicht weiter in einem Haufen Steine herumtrödeln. Der Schamane ist nicht hier. Der Rat muss sich etwas anderes einfallen lassen, um zu entscheiden, ob die Heguren mit uns ins Winterlager ziehen oder nicht.«

»Sie werden nur auf Toras hören«, widersprach Tolui. »Bei jeder anderen Lösung würden sie das Gesicht verlieren. Es ist ihnen doch nützlich, wenn sie den Konflikt auf irgendwelche Dämonen schieben können. Es bleibt uns keine Wahl. Wir müssen ihn finden. Aber wo? Er könnte überall sein.«

Skouros drehte sich seufzend um. Er hätte sich gerne noch weiter umgesehen, aber er gab seinem Bruder recht: Sie hatten wertvolle Zeit verloren. Er beeilte sich, um sich den beiden anderen anzuschließen. Japhet war bereits im Geheimgang verschwunden und Tolui folgte ihm widerstrebend.

Skouros warf einen letzten Blick in den Steinkreis. Aus dem Augenwinkel heraus gewahrte er eine Bewegung. Ein Vogel – eine Elster flog direkt auf ihn zu. Er duckte sich, denn er dachte, sie wolle ihn angreifen.

Etwas fiel scheppernd vor seine Füße. Der Skare sah verblüfft dem Vogel nach, der auf eine der Stelen flatterte und dort sein unmelodisches Schäckern hören ließ. Er bückte sich, um den Gegenstand aufzuheben. Es war eine Goldkette mit einem Medaillon.

Neben ihm tauchte Tolui auf, der nachsehen wollte, wo Skouros blieb.

»Was …?«

Er wurde kreidebleich, als der Skare ihm seinen Fund zeigte.

»Wo hast du das her?«, wollte er wissen.

Skouros deutete auf die Elster.

»Xirra! Was machst du denn hier?« Tolui hob den Arm. Der Vogel schwebte herab und landete auf seinem Unterarm. Er gab eine Reihe kleiner, gurrender Geräusche von sich und sah den jungen Schamanen mit seinen glänzenden schwarzen Augen unverwandt an.

Skouros wich unwillkürlich zurück. Ein zahmer Vogel war ihm unheimlich.

»Eine gute und eine schlechte Nachricht«, wandte sich Tolui an Skouros. Er warf Xirra in die Luft. Sie breitete die Flügel aus und flog davon.

Japhet war unbemerkt zu den beiden getreten. »Du willst uns aber nicht weismachen, dass du mit dem Tier gesprochen hast?« Er lachte.

»Nun, sprechen kann man das nicht nennen. Es ist … Egal. Die gute Nachricht ist: Ich weiß, wo Toras ist. Die Schlechte: Er ist verletzt.«

»Was ist passiert?«, fragte Skouros.

»Das kann ich nicht sagen. Auf jeden Fall braucht er unsere Hilfe. Aber zuerst gib mir das Medaillon!«, forderte Tolui ihn auf und streckte die Hand aus.

Skouros reichte es ihm: »Weißt du, was das ist?«

»Ich kenne solche Amulette nur, weil ich Schamane bin. Ich darf mit dir als fremdem Mann nicht darüber sprechen.«

»Gehört es Tabayati?«, hakte der Häuptlingssohn nach.

Tolui zögerte, dann nickte er.

»Ich würde nicht fragen«, erklärte Skouros sein Interesse, »wenn ich mir nicht Sorgen um sie machen würde. Du weißt, wie beunruhigt eure Mutter war. Was, wenn Kheri und seine Gruppe hier oben aufgetaucht sind und deine Schwester in ihre Gewalt gebracht haben?«

Tolui wurde blass.

Skouros sprang auf. »Toras kann warten!«, entschied er. »Den Vogel hat uns Tabayati geschickt! Sie ist in Not und braucht unsere Hilfe. Wir müssen sie finden!«

»Aber …«, protestierte Japhet.

»Nichts ›aber‹!«, fiel ihm sein Bruder barsch ins Wort. »Du hast gehört, was ich gesagt habe!«

An den Heguren gewandt, forderte er: »Lass uns gehen!«

Tolui zögerte. *Skouros' Erklärung ist mir zu einfach. Auf gar keinen Fall hätte sich Xirra von meiner Schwester schicken lassen*, überlegte er. *Sie hört nur auf Toras. Aber woher hatte sie dann das Amulett?*

Skouros wurde ungeduldig. »Was ist los? Worauf wartest du?«

»Ist ja gut«, antwortete Tolui. »Ich komme schon.«

Er schloss sorgfältig die Geheimtür. »In der Richtung, in die der Vogel flog, gibt es nur einen Ort, der infrage kommt«, erklärte er. »Ich vermute, wir finden beide dort: Toras *und* Yati. Folgt mir. Es ist nicht weit.«

Die Furcht um seine Schwester nahm zu. *Von der Elster habe ich erfahren, dass mein Mentor verletzt ist,* grübelte er wieder. *Doch was genau ist mit Yati geschehen? Was hat es außerdem zu bedeuten, dass Xirra ihr Jungfrauenamulett dem skarischen Häuptlingssohn brachte?*

Die jungen Männer setzten sich in Bewegung und rannten quer durch den Steinkreis auf die andere Seite des Plateaus.

Wolken zogen auf. Die Luft roch nach Schnee. Japhet befürchtete, dass sie in dieser Nacht nicht ins Skarenlager zurückkehren konnten. Vielleicht würden sie nicht einmal hinunter ins Hegurendorf kommen, sollten die Wege verschneit sein.

Es dauerte geraume Zeit, bis die drei Männer den steilen Berghang, der sich an das Plateau anschloss, hinaufgeklettert waren. Immer wieder musste sich Tolui ins Gedächtnis rufen, dass Skaren zwar gute Läufer, aber im Klettern ungeübt waren. Oben ging es leichter voran, bis sie zu der Klamm kamen, in der sie ein Stück absteigen mussten. Tolui fiel es schwer, die Ruhe zu bewahren. Zum einen bedrängte ihn die Sorge um Tabayati und Toras und zum anderen fürchtete er um das Leben der Häuptlingssöhne.

Beim Abstieg entdeckte Skouros im Stamm einer Kiefer einen Skarenpfeil. *Sie sind also tatsächlich hier*, dachte er. *Keine schlechte Idee, auf dem Berg den Winter verbringen zu wollen. Hier könnten sie in einer der Höhlen sogar überleben. Doch bei allen Göttern – lasst eure Finger von dem Mädchen!*

Endlich kamen die Kletterer unten an. »Das Schlimmste haben wir geschafft«, meinte Tolui. »Ich bin erleichtert, euch heil heruntergebracht zu haben.«

Nun würden die Brüder auch den letzten geheimen Ort zu sehen bekommen, aber das war nun nicht mehr zu ändern. Tolui malte sich bereits aus, wie sein Mentor auf die beiden »Feinde« reagieren würde.

Als sie um die Felsnase bei der Geisterhöhle bogen, bot sich ihnen ein beschauliches Bild: Auf dem Boden lag Toras, sorgfältig verbunden. Neben ihm, mit dem Rücken an einem Felsen, saßen Tabayati und Siri. Sie hatten sich eng aneinandergekuschelt und schliefen. In einer Nische beim Höhleneingang hockte die Elster.

Der junge Schamane bedeutete den Skaren mit einem Handzeichen, zu warten. Er schlich sich an die drei Schlafenden heran. Ein zartes Tippen mit dem Finger auf Siris Schulter genügte, sie aus dem leichten Schlaf der Jägerin zu holen.

»Sch …«, flüsterte er. Mit einer Geste brachte er sie dazu, langsam aufzustehen, ohne Yati zu wecken. Er zog sie ein Stück auf die Seite. »Ich bin so froh, dass wir euch gefunden haben«, wisperte er. »Wir haben uns große Sorgen gemacht.«

Er sah von Siri zu seiner Schwester: »Ihr seid voller Blut …«

»Toras' Blut«, unterbrach ihn Siri.

»Und warum sind Yatis Augen geschwollen? Hat sie … geweint?«

»Ihr Jungfrauenmedaillon. Das Biest von einer Elster …«

»Ah verstehe. Hier!« Er drückte dem Mädchen das Schmuckstück in die Hand.

»Wo hast du das her?«, fragte sie überrascht.

»Das spielt keine Rolle. Hänge es ihr vorsichtig um den Hals. Wenn sie dabei aufwacht, sagst du, Xirra hätte es zurückgebracht. Wenn nicht, umso besser. Um ihretwillen erzähle ihr auf gar keinen Fall, dass ich es dir gebracht habe.«

Siri nickte verständig.

»Bevor du es tust: Was ist mit Toras passiert?«

»Wir haben einen Skarenpfeil aus ihm herausgeholt. Das Schlimmste hat er hinter sich.«

Tolui atmete erleichtert durch. Zum Zeichen seines Respekts legte er ihr ganz leicht die Stirn auf die Schulter. Er sagte: »Danke. Du hast mir heute einen großen Dienst erwiesen. Uns allen.«

Nach einem Augenblick des Zögerns reckte er das Kinn zur Felsnase. »Ich muss da kurz hin. Erschrick nicht, wenn ich mit Skouros und Japhet zurückkomme. Sie sind auf unserer Seite.«

Siri lächelte. »Das wird Yati aber freuen!«, stieß sie aus, um entsetzt die Hand vor den Mund zu halten. Sie atmete schwer. »Ich hätte dir das nicht sagen sollen ...«

Tolui lächelte gutmütig zurück. »Ein Geheimnis hütet das andere. Du behältst für dich, woher du das Medaillon hast, und ich schweige über das, was dir gerade herausgerutscht ist. Einverstanden?«

Er streckte die Hand aus. Erleichtert schlug sie ein.

»Ich hole die beiden Skaren, lasse dir aber ein wenig Zeit, Yati den Schmuck umzuhängen.«

»Gut. Geh jetzt!«

Siri sah ihm hinterher. Als er um die Felsnase verschwunden war, streifte sie der Freundin die Kette über den Kopf und ließ das Medaillon unter ihrem Lederhemd verschwinden.

Yati stöhnte leise. Sie öffnete die Augen. »Das Amulett«, entfuhr es ihr. Sie rang mit der Fassung. Als benötigte sie eine erneute Bestätigung des Verlusts, griff sie sich an die Brust.

Sie atmete kräftig durch. »Bei allen Göttern! Nur ein Hirngespinst«, sagte sie erleichtert. »Stell dir vor, Siri, ich träumte gerade, dass ...«

Sie sah sich um und entdeckte den verletzten Schamanen. Aus ihrer Nische keckerte frech die Elster.

Tabayati bekam einen Schweißausbruch. »Das war kein Traum! Aber wieso habe ich dann das Amulett?«

Siri schenkte der Freundin ihr wärmstes Lächeln. »Während du schliefst, durchsuchte ich noch einmal die Höhle …«

»Wie lieb von dir!« Yati zog Siri in eine stürmische Umarmung. »Und ich dachte schon, jetzt sei alles aus.«

Als sich die beiden voneinander lösten, drohte Tabayati der Elster mit der Faust. »Wenn du das noch einmal machst, reiße ich dir jede Feder einzeln aus. Hast du verstanden?«

Xirra steckte den Kopf unter den Flügel.

Plötzlich waren Schritte zu hören. Yati schubste Siri zum Höhleneingang und zog ihr Kurzschwert. Das konnten nur die Skaren sein, die Toras verletzt hatten. Umso erstaunter war sie, als ihr Bruder um die Felsnase bog. »Tolui? Was …« Es verschlug ihr die Sprache, als sie erkannte, wer in seiner Begleitung war.

Alarmiert sprang sie zurück und richtete das Schwert auf die beiden Skaren.

»Es ist alles gut, Schwester. Skouros und Japhet sind bei mir, um zu helfen.«

Ihre Züge entspannten sich. Als ihr Blick sich mit Skouros' kreuzte, lief sie puterrot an.

»Wie ernst ist Toras' Zustand?« Tolui kniete sich besorgt neben den Verletzten.

Die junge Heilerin straffte sich. »Die Skaren haben unseren Schamanen mit einem Pfeil niedergestreckt«, sagte sie. Dabei sah sie die Häuptlingssöhne strafend an. »Wir haben den Pfeil herausgeholt, die Wunde gesäubert und verbunden. Wenn sich die Stelle nicht entzündet, kommt er durch.«

»Meinst du, wir schaffen es, ihn ins Dorf hinunterzubringen?«, wollte Tolui wissen.

»Warum fragst du mich das nicht selbst?«, erwiderte der Schamane am Boden und öffnete die Augen. »Ich sehe viel Besuch hier«, stellte er überrascht fest. »Da macht man nur mal kurz ein Nickerchen, und schon befindet man sich in Gesellschaft von Kriegern. Davon zwei Skaren.« Er lächelte müde. »Es scheint, dass ich nun eine neue Höhle für unsere Geister suchen muss. Es sei denn, ihr alle gelobt Stillschweigen.«

»Toras, welch eine Freude, dich wach zu sehen. Wie geht es dir?«, rief Tolui aus.

»Schlecht genug, um die Nacht über hierbleiben zu müssen«, warnte Siri.

»Unsinn!«, widersprach Toras. Doch er riss sich zusammen. »Euch Mädchen verdanke ich mein Leben. Das war wirklich eine Meisterleistung. Aber nun bin ich an der Reihe. Und mit ein wenig Hilfe meines Schülers bekomme ich das hin. Tolui, du weißt, was du zu tun hast.«

»Natürlich.«

»Gut. Dann lass uns in die Höhle gehen.«

»Gehen? Du wirst nirgendwohin *gehen*«, bestimmte Siri. »Wir haben dir aus Ästen eine Trage gebaut. Du liegst darauf und bist festgebunden. Warte – ich helfe dir, Tolui.«

Gemeinsam hoben sie den Verletzten hoch und bugsierten ihn durch den schmalen Höhleneingang. Als die beiden aus ihrem Blickfeld verschwunden waren, sah Skouros Tabayati an.

»Es tut mir so leid. Alles, was geschehen ist, tut mir leid. Die Anstifter wurden mit Verbannung bestraft. Der Rat hat Japhet und mich geschickt, um euch unsere Friedensbotschaft zu bringen.«

Er berichtete ihr, wie man sie im Hegurendorf aufgenommen hatte und wieso sie mit Tolui losgezogen waren. »Euer Stammesältester ist der Ansicht, dass böse Geister und Dämonen hinter allem stecken. Deshalb ist Toras' Anwesenheit im Dorf so wichtig.«

»Das war mutig von euch beiden«, stellte Tabayati anerkennend fest. »Unter diesen Bedingungen unbewaffnet unser Dorf aufzusuchen, meine ich.«

Sie schaute Skouros tief in die Augen. »Ich habe allerdings das Gefühl, dass du im kommenden Winter noch viel mehr Mut brauchen wirst, um dich zu beweisen«, meinte sie mit einem schelmischen Lächeln. Dabei spielte sie wie beiläufig mit der Kette ihres Medaillons.

Skouros erwiderte ihren Blick. Er ließ eine Zeit verstreichen. Schließlich beugte er sich vor: »Was für ein Schmuckstück verbirgst du eigentlich unter deinem Hemd? Kann ich es einmal sehen?«

Erschrocken ließ die junge Frau von der Kette ab. »Auf gar keinen Fall!«, rief sie entrüstet. »Nicht solange dieses Biest von einer Elster in der Nähe ist.«

Xirra ließ ein lautes Schäckern hören und flog davon.

Die Autoren

Ursula Dittmer (Jahrgang 1953) ist verheiratet und lebt bei Würzburg. Sie schreibt seit ihrer Schulzeit Geschichten und Gedichte. Ihr bevorzugtes Genre ist seit einigen Jahren die Phantastik. Der fünfteilige Fasanthiola-Zyklus ist ihre erste Romanveröffentlichung. Mit Kurzgeschichten ist sie an mehreren Anthologien beteiligt. Weitere Projekte sind in Planung, unter anderem »Geschichten aus Fasanthiola«.
http://www.fasanthiola.de
https://www.facebook.com/ursula.dittmer
Kontakt: fasanthiola@gmx.de

Nicolas Fayé (Herausgeber) wurde 1962 in Aachen geboren. Bereits in Jugendjahren schrieb er Gedichte und Kurzgeschichten. Mit dem Roman »Wie das Flüstern der Zeit« begann er, die Geschichte eines geheimnisvollen Amulettes, »Das Auge der Welt« genannt, zu erzählen. Gleichzeitig ist er Verfasser der Bücher »Griechische Mythologie für Anfänger« und Co-Autor des Kinderbuches »NILI - Das Flusspferd mit der platten Nase«.
Internetpräsenz: www.romanzeit.de

Markus Frost, geboren 1954 in Stuttgart, schloss sein Chemiestudium an der Universität Karlsruhe mit einer Promotion in Physikalischer Chemie ab. Längere Auslandsaufenthalte vor und nach dem Studium erweiterten seinen Horizont, was sich auch im Schreiben von Geschichten (Fantasy, Science-Fiction) niederschlägt. Zurzeit arbeitet er an einem Science-Fiction-Roman.

Annette Hillringhaus (geb. 1968) schreibt Kinderromane, Geschenkbücher, Kurzgeschichten und Gedichte sowie Fachbeiträge: Seit ihrem Studium der Kunstgeschichte und Klassischen Archäologie befasst sie sich schwerpunktmäßig mit dem 12. Jahrhundert. »Über die Krallen der Agalstra« ist ihre erste historisch orientierte Geschichte.

Anke Höhl-Kayser wurde 1962 in Wuppertal geboren, wo sie mit ihrer Familie nach wie vor lebt. Sie studierte Literaturwissenschaften in vier Fächern mit Abschluss M.A.
Seit 2009 ist sie als Autorin und Lektorin tätig und verstärkt seit 2015 das Lektorinnenteam um die »Textehexe«.
Sie schreibt All Age Fantasy, Science-Fiction, Kurzgeschichten und Lyrik und hat bislang zwölf Bücher veröffentlicht. Mehr als dreißig ihrer Short Stories und Gedichte sind in Anthologien erschienen, einige wurden mit Preisen ausgezeichnet.
Mehr Informationen unter:
http://www.hoehl-kayser.de/

Heidi Christina Jaax geb. Mastiaux wurde 1961 in Daun/Eifel geboren. Ihre beiden Kinder sind bereits erwachsen, lediglich Shelterhund Luna lebt noch bei ihr. Literarisch gehört ihre Liebe dem historischen Roman, sie beschäftigt sich auch intensiv mit der Ahnenforschung der Familie Mastiaux de Namay. Sie war beteiligt an diversen Anthologien. Für Charitybücher fungiert sie auch kostenfrei als Herausgeberin. Zusätzlich ist sie im Tierschutz und der Kommunalpolitik der Kreisstadt Daun aktiv.
Aktuelles finden Sie auf ihrer Website:
http://www.autorin-hchjaax.com/

Monika Kubach, wurde 1970 geboren und im zarten Alter von wenigen Monaten von ihrem älteren Bruder auf den Kopf gestellt, als er mit ihrem Kinderwagen Rennauto spielte und eine Bodenwelle übersah. Sie schreibt daher hauptsächlich Satiren und humoristische Gedichte.
http://de.pluspedia.org/wiki/Monika_Kubach

Josefa vom Jaaga, Jahrgang 1972, lebt im oberbayerischen Erding und arbeitet als Buchhändlerin in München. Sie ist Autorin der historischen Romane »Das Herzogsgut«, »Otkers Urkunde« und »Eine Bayerische Hochzeit«.